明けないで夜

燃え殻 Moegara

マガジンハウス

明けないで夜

1. BEFORE DAWN 深夜ラジオと朗読 5

II、明日をここで待っている 2021-2022

深夜ラジオと朗読

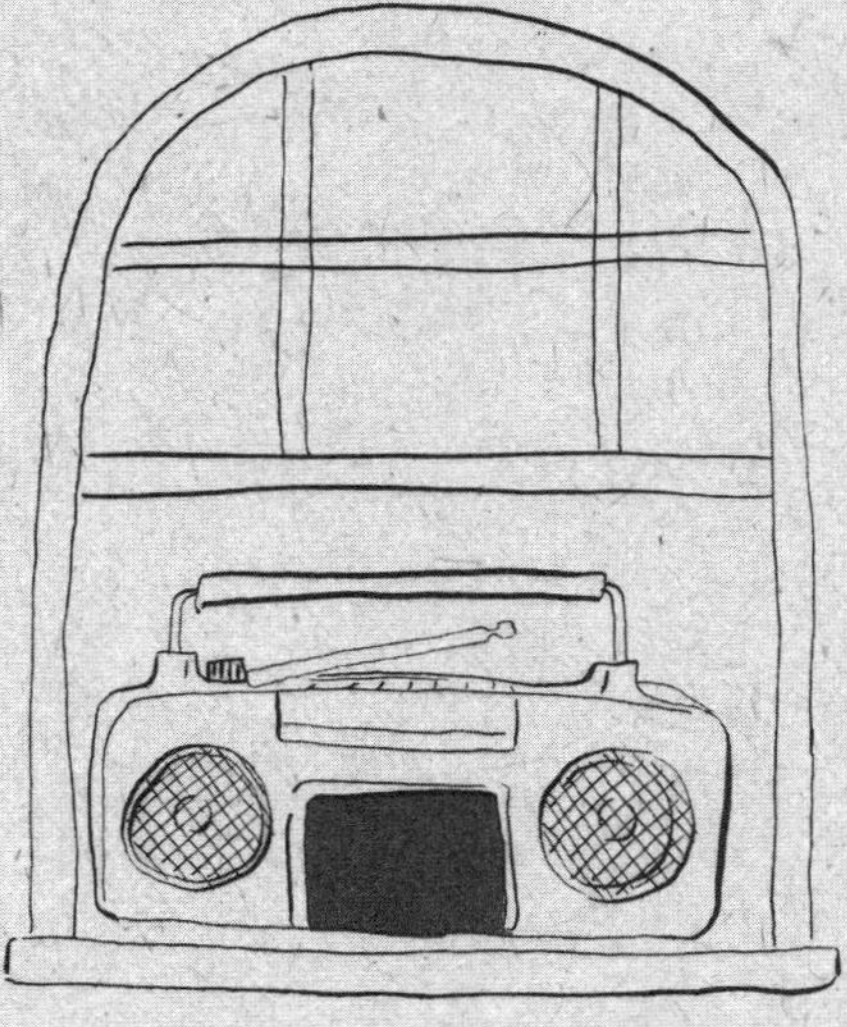

BEFORE DAWN

どんな予定もうっすら行きたくない

会食の予定一時間前に先方から、仕事がどうしても終わらず、会食をキャンセルさせてくれという旨の電話がかかってきた。「承知しました」とだけ僕は告げ、「ふ～」と息を吐《つ》いてみる。そして、その場で「よし！」とガッツポーズを決めた。ここだけの話、どんな予定でも、なくなると嬉しい気持ちが湧いてきてしまう。それが直前だったりすると、たまらないほどに嬉しい。ドタキャンで悲しんだことは一度もない。人間性を本格的に疑われるので告白しづらいが、どんな予定もうっすら行きたくない。行ったら行ったで、まーまー楽しくできるほうだが、そこに至るまでがとにかく難儀だ。仕事の予定も、友達との飲みの約束も、まんべんなくうっすら行きたくない。行きたくないという気持ちだけは徹底している。好き嫌いで選んでいない（まったく偉くない）。全部うっすら面倒だ。一番心穏やかになれる瞬間は、「明日なにもない」ということが確定している夜に、ベッドに入って眠りにつくときだ。

予定をパンパンに詰めないと落ち着かない、というライターの知人がいる。なんだか生きづらそうだなあと思っていたが、その知人から「どれもこれも面倒を抱えながらこなしていて、とにかく生きづらそうですよね」と先に言われてしまい、もう出口がない。これはもう性分なので、今生は仕方がないと思っている。

ただ、この「まんべんなくうっすら行きたくない」という姿勢が一度だけ、吉に出たときがあった。工場のアルバイトをしていた頃のことだ。そのとき好きだった女性と、映画を観に行く約束をした。彼女もうっすらは僕のことを好きでいてくれた気がする。当日、映画館が入っている商業施設の前で、彼女が来るのを待っていた。映画が始まるギリギリになって現れた彼女。エレベーターに乗って、映画館のある最上階に向かう途中、彼女がおもむろに「言いづらいんだけどさ……」と話し始める。エレベーターの中は、映画館へ向かう人たちでパンパンだ。「私さ、ギリギリになると、全部キャンセルしたくなるんだよね……」と小声で言った。「えっ?」と返す僕に、「映画観たくないかも」と小声で返す彼女。僕は待ってましたとばかりに、「一緒!」と結構大きな声で答えてしまう。狭いエレベーターの箱の中。ギュウギュウに乗っている人たちが一斉にこちらを見る。彼女が肩を震わせながら笑いをこらえていた。

僕たちは途中のレストラン街がある階で降り、洋食屋に入った。ふたりでハンバーグランチを食べて、パフェまで頼んだ。彼女はそのとき、いかに今日来たくなかったかを、当人の僕に力説してくれた。「実は僕も来たくなかった。君のことが嫌いとかじゃなくて……」と、僕も熱を込めて話した。「まんべんなくうっすら行きたくない」という性質が、初めて役に立った瞬間だった。というか初めて同じ性質の人に出会えた。でも半年くらいで、気づくと不意に彼女はいなくなった。連絡が取れなくなったとき、僕はひとり、「わかるなあ」と哀しみながら共感してしまった。

お好み、どうよ？

「普通にしなさい」

それが母の口癖だった。

「なんで普通のことができないんだ」

二浪までして大学に入れなかった僕に、父がため息交じりにそう言ったのを憶えている。

横浜郊外の「中の中」という感じの新興住宅地で、僕は学生時代を過ごした。僕の育った場所は「理由などなくとも大学には行くものだ」という地域だった。友達の母親同士は仲が良く、たまにみんなで集まって食事会などもしていたと思う。母親同士が話し合って、僕も友達も全員同じ塾に通った。同じ塾でも勉強ができる子と、できない子ではクラスが分かれる。母は、そのクラス分けに関して、かなりセンシティブになっていた。

一度、クラス分けが載ったプリントを、人差し指で確認しながら読んでいる母を見たことがある。そのとき母は、「あぁ……」と肺にあった空気を全部出すかのごとく、ため息を吐き、僕を一瞥《いちべつ》してから夕飯の支度をし始めた。そして母は無言になり、わかりやすく天を見つめる。僕の名前は、できない子のクラスにあった。子どもながらに気を遣って、「本屋のおじさん、入院したって」などと話を振ってみるが、トントントンと包丁の音しか返ってこない。

台所に立つ母の近くまで行ってみると、母は野菜を千切りにしながら、涙をはらはらと流していた。そして包丁を使う手を止め、唇を震わせながら、「恥ずかしくて明日からスーパーに買い物に行かれないわ」と言った。僕は犯罪でも犯したかのようにショックを受け、涙を流すこともできずに呆然《ぼうぜん》としてしまった。この先自分が生きていても、両親をがっかりさせてしまうことばかりをやってしまいそうで、心底怖くなった。

その日は八月の終わりで、家の近くでたまたま祭りが執り行われていた。テープレコーダーのお囃子《はやし》の音が、遠くから微《かす》かに聞こえる。ときどきマイクを使って、大声で誰かを呼んでいる声も聞こえた。僕は家にいるのがいやで、財布も持たずにそのまま玄関を出て、神社のほうに走った。

夏の夕暮れ、浴衣を着た女性が何人も行き交う。神社の境内までは、まだだいぶあったが、屋台が道沿いに先の先まで並んでいたのを憶えている。綿菓子の甘い匂いがした。金魚すくいの金魚は色とりどりで、座っている子どもたちが、なにが可笑《おか》しいのか、大《おお》袈裟《げさ》に笑い転げている。焼きそばが鉄板で焼ける音。威勢のいい掛け声。りんご飴《あめ》を舐《な》めながら歩く若者たち。僕は行くあてもなくずんずん歩いて、境内近くの、お好み焼きの屋台の前を通り過ぎる。

茶髪と黒髪が交じったお姉さんが、一通りお好み焼きを作り終え、椅子に座って煙草をふかしていた。「ふー、いる？」と煙草の箱を出して、僕をからかう。僕は思わず足が止まってしまう。「お好み、どうよ？」と笑顔で言う彼女。「すみません、いまお金なくて……」と返すと、「そう」とそっけない。そして、また彼女は煙草をふかす。僕はそのあと神社まで行って、とぼとぼ帰宅した。戻ってきた僕に、母は「夕飯できてるわよ」とだけ言った。

次の日、小遣いを持って、もう一度祭りに向かうと、昨日で終わりだったようで、はっぴを着た大人たちが、提灯《ちょうちん》などを外している真っ最中だった。道もキレイに掃除がされていて、あれだけあった屋台は跡形もなく消えていた。

茶髪と黒髪が交じった彼女のお好み焼きの屋台も、もちろん跡形もない。きっと僕の知らないどこかの町の祭りで、今日も一通りお好み焼きを作り終えたら、また煙草をふかしているに違いない。彼女からあのとき一本煙草をもらって、そのままどこか知らない土地まで、一緒について行きたかった。

祭りが終わって、いつもの町がいつも通りに戻っていく様子を見ながら、そんなことを考えていた。

母にとっての人生初のライブ体験

母の病気が見つかったのは、いまから六年前のことだ。緊急で行った大手術のあと、医師が母から摘出したモノを、僕たち家族に見せてくれた。それを見たとき、大袈裟でなく卒倒しそうになった。身体からこんなに多くを取ってしまって、人間は生きられるのだろうかと思ったほど、その量は多かった。酸素マスクをした母のもとに通されたのは、そのあとすぐのことだ。その日は冬で、病院の窓のサッシが、北風でカタカタと音を立てていた。母はベッドに横たわり、スーハースーハーと小さく息をしている。「お母さん」と妹が語りかけるが、目をつむった母からの返事はない。布団をかけられた母の身体が、僕の記憶よりも薄く感じた。

父は無言のまま、涙を拭いている。管に繋《つな》がれた母の右手を、僕はそっとさすってみる。母の手が冷たい。機械音がずっと鳴っていて、見たことのない数字が、画面の中で増えたり減ったりしていた。僕は母の冷たい手を手繰《たぐ》るように握ってみた。すると母はゆっくり片方ずつ目を開ける。

「お母さん」僕は母に語りかける。

酸素マスクをした母は、ほんのすこし口元を開いたあと、僕の手を信じられないくらい強く握った。「しっかりしなさい」と言われた気がした。

術後、容態は安定し、春になると一時退院することまでできた。母は、医師も驚くほどの回復を見せたが、身体にはまだ癌《がん》は残ったままだった。しかし高齢でもあり、その進行は遅い。放射線治療や外科手術を何度かしながら、自宅療養が現在もつづいている。

母は、僕がナビゲーターを務めるラジオ番組を、欠かさず聴いてくれていた。必ず感想もメールで送ってくれる。あるとき感想をメールではなく、電話で伝えてきたことがあった。それは『BE:FIRST』のＬＥＯくんがゲストの回だった。「あの子はいい子ね。お母さんわかるの」と、まるで親戚の子か孫でも愛《いつく》しむかのように熱く語っていた。しばらくして、ＬＥＯくんがライブに僕を誘ってくれたとき、たまたま母の話をしたところ、「もしお母さまの体調がよろしければ、ライブに来てください」と母の分まで席を取ってくれた。母にとって人生初のライブ体験。それが『BE:FIRST』のライブになった。

当日、関係者席に座った僕の横で、母はバッグの中からプラスチックの弁当箱を取り出す。中には大根を蜂蜜漬けにしたものが入っていた。母が蓋を開けると、関係者席にぷ～んと漬物のような匂いが漂う。割り箸で、漬けられた大根をもぐもぐと食べだす母。「それはなに？」と母に問うと、「咳が出たらＬＥＯくんに失礼だから……」と言う。「音が大きいから、そんなこと心配しなくても大丈夫だよ」。僕は呆《あき》れながら説得するが、「周りの方々にも失礼だから……」と、すでに十分失礼な匂いをプンプン振り撒《ま》きながら、母は蜂蜜漬けされた大根を食べつづけた。

ライブが始まると、最初のほうだけは、音の大きさや演出の火花などに怯《おび》えていたが、その後はずっと「すごいね、すごいね」を繰り返しながら、最後まで少女のように楽しんでいた。若い人たちの拍手に負けないくらいの拍手をしている姿を見たとき、思わず目頭が熱くなる。そんな僕に気づいた母から、「しっかりしなさい」となにを励まされているのかわからない励ましを受けた。

あの冬の日。横浜郊外の病院で、ベッドに寝ていた母のことを、僕は思い出していた。あの日、母の手はとても冷たかった。母の冷たい手を、僕は手繰るように握った。すると母はゆっくり片方ずつ目を開ける。『BE:FIRST』を一瞬も逃すまいと見つめている母がもう一度、「すごいね、すごいね」と言いながら、大きく拍手を繰り返していた。

彼はやっぱり僕の前に再び現れた

テレビ美術制作の仕事をしていたとき、夜中に配達によく行っていた。出来上がったテロップを封筒に入れて、原付バイクで編集所やテレビ局に持っていくのが、そのときの僕の主な仕事だった。いつも必ず決まって、深夜三時に配達を頼んでくるクライアントがいた。彼はバラエティ番組のADで、僕と同い年だった。最初は、「お疲れ様です。こちらになります」と僕が言って、「お疲れ様です。ありがとうございます」と彼が返すくらいの最小限の会話しかしなかったが、半年、一年と通っていく中で、雑談をするくらいの関係にはなっていった。

ある夜、いつも通りに配達に行くと、「この間、帰省したんだけど、よかったらどうぞ」と白あんの饅頭《まんじゅう》を僕にくれる。自販機が置いてある休憩コーナーで、もらった饅頭をふたりで分けて食べた。そのとき彼は「俺、ドキュメンタリー映画作りたいんすよ……」と将来の夢を語っていた。「すごいなあ。自分はなにがしたいかわからなくて」と僕は口ごもる。「全然すごくないっすよ。きっと無理なんで……」と彼は笑った。

その夜からあっという間に二十年以上が経った。僕は紆余曲折《うよきょくせつ》あって、いま、ものを書く仕事をしている。彼との最後がどうだったのか、正直憶えていない。彼が担当していたバラエティ番組が打ち切りになり、深夜三時の配達が消滅して、それっきりだったかと思うが、その後も何度か仕事上で会った気もしないでもない。きっと彼にも、僕の知らない紆余曲折があのあとあったに違いない。

何気なくこの間、本屋で立ち読みをしていると、「海外で活躍する日本人」という特集を組んだ雑誌の企画に目が留まった。その企画の中で紹介されていたひとりの白髪の男性は、アメリカなど数ヶ国でラーメン店を経営している社長とあった。載っていた写真ではピンとこなかったが、男性の経歴を見て、あのときのＡＤの彼で間違いないということがわかった。さすがに少しは驚いたが、心のどこかで「やっと見つけた」と思ったのもたしかだ。

僕は、ずっとどこかで彼のことを探していたんだな、とその記事を読んで初めて自覚的になった。あの夜に話していた「ドキュメンタリー映画を作る」という未来ではなかったが、彼はやっぱり僕の前に再び現れた。とにかくそれが嬉しかった。やっぱりまだ頑張っていたのか、と思った。

昨日、僕は新しいエッセイの連載の打ち合わせをしていた。渋谷のカフェで、なんとなくスケジュールや内容が決まりかけたとき、担当編集の女性が「ちょっと全然違う話なんですけど……」と語り始める。彼女から、同じ専門学校に通っていた一つ下の後輩だったということを、そのとき僕は打ち明けられた。そして、「卒業作品展。憶えてますか？」と彼女に訊《き》かれる。

僕は広告を学ぶ学科にいたので、卒業作品は絵コンテや企画書を展示した。僕が卒業した専門学校は、卒業しても誰も広告の道には行けないような三流、四流だった。卒業作品展を観に来る人たちも、学校の生徒、卒業生の親御さんがほとんどで、こぢんまりとしたものだった。それなのにそのとき僕は数週間、実家の部屋にこもって、大量の絵コンテと企画書を提出することを自分に課してしまう。

悔しかったんだと思う。世の中も、両親も、自分に対してまったく期待していないことが、心の底から伝わってきて、悔しかったんだと思う。その鬱憤を、僕は誰もまともに観に来ないとわかっている卒業作品展にぶつけてしまう。

本番当日、他の卒業生たちがさらっと展示してある場所に、僕だけ辞書みたいに分厚い量の絵コンテと企画書を展示してしまった。その大量の絵コンテと企画書の内容は、残念ながら三流、四流の出来だったとは思う。才能も運も持ち合わせていなかった僕は、内容ではなく物量で勝負するしかなかった。その狂気の卒業作品を、一つ下だった後輩の彼女は、「ほぼ恐怖体験」として記憶していた。

「あなたの名前をネットで検索していました。絶対事件を起こすか、なにか作品を発表するかどっちかだと思っていたんで……」と真剣な顔で言われた。あのときの周囲すべてから浮いていた自分と、時を経て対峙《たいじ》したような気恥ずかしさを感じて、すぐには言葉が出てこなかった。

「だから、ものを書いているって知ったときは嬉しかったです。犯罪のほうじゃなくてよかったなあと思って……」と彼女は笑う。僕はなんとも言いようがなくて、「お待たせしました」と告げてしまった。

いつかインドのどこかの駅で

若い頃、大切な打ち合わせに五分ほど遅刻してしまったことがあった。そのときは一度、会議室から締め出され、クライアントから「五分の遅れは、五時間の遅れと一緒だ！お前の信頼はなくなった！」と声を荒らげられた。その場では平謝りを繰り返し、なんとか許してもらった。その後、クライアントが異動するとき、「遅刻一回で全部の信頼はなくなると思って生きろよ」と最後の言葉として改めて言われ、「はい！」と涙目で返したが、「そんなワンミスでパージされるような社会を作って、誰が幸せになるんだよ」といまは思っている。いや、遅刻はよくない。気をつけたい。ただ、あまりにもキッチリピッチリし過ぎると息苦しくて、全部を投げ出したくなってしまう。

先日もシャワーを浴びているときにふと、そのクライアントに怒鳴られたことを思い出し、「いやいや、五分と五時間は違うでしょ！」と数十年の時を経て、風呂場の鏡に映る全裸の自分に訴えかけてしまった。根に持ち過ぎな性格もまた誰も幸せにしない。本当に改めたい。

とにかく世の中は、キッチリピッチリ、列を乱さず、遅れず、出過ぎずを美徳として生きている人が多過ぎる。

「メールはマッハで返すのが相手への礼儀だ」と立ち読みしたビジネス書に書いてあった。暑くても寒くても令和でも、サラリーマンは基本スーツでネクタイだし、今日も都バスは一分の遅刻も許されない感じで走っている。先ほど、時間通りぴったりに宅急便が宅配ボックスに届いたことを知らせるメールが入った。この、あまりに「遊び」のない社会は、ギスギスし過ぎて酸素が薄い金魚鉢の中で、誰もが水面に上がってパクパク必死に呼吸しているかのようだ。

学生時代、バックパッカーをやっていた友人がいる。彼は現在、インドの日本人専用の宿に住み着くようにして働いていて、年に一度くらいは、お互いの生存確認のために、絵はがきで近況報告をし合っている。この時代にメールでもＬＩＮＥでもなく、絵はがきでの生存確認。絵はがきはまず、どんな絵柄を選ぶかというセンスが求められる。それがもらったときの楽しみでもある。

彼から昨日また、インドの香辛料の匂いぷんぷんの絵はがきが届いた。絵柄はムンバイの美しい夜景。四隅は微妙に曲がっていて、旅の長さを物語る。

彼は日本にいたときも、ほとんどの日本人より良く言えばゆったりしていた。悪く言えば時間という概念がなかった。冬でもヨレヨレのTシャツ一枚で基本過ごしていて、寒さに耐えかねると、知り合いの誰かから服をもらっていた。キッチリピッチリ、列を乱さず、遅れず、出過ぎず、なんて言葉は彼にはもちろん通用しない。

今回の絵はがきにも、電車が遅れて一先《ひとま》ず駅で寝ていたら、真夜中になってしまい、慌てて起きたが、電車は六時間遅れでまだ着いていなかった、というようなことが書かれていた。僕は、行ったことのないインドのその駅に思いを馳《は》せる。絵はがきに鼻を近づけてみる。彼の象形文字のような字とムンバイの夜景。ゆっくり鼻から吸い込んでみた。いつかインドのどこかの駅で、野宿をするような一日を過ごしてみたい。僕はその絵はがきを手帳に挟んで、今日も時間ぴったりの山手線に乗り込んだ。

今年、小説を本屋さんで買った人いますか？

都内の某大学に、「ＳＮＳ時代の作家」という大摑《おおづか》みなテーマの授業に、ゲストとして呼ばれた。八十人の大学生の前に立ち、教授の「では、よろしくお願いします」というこれまた大摑みなフリで授業は始まった。

始まったはいいが、僕はまさかのノープランだったので、いきなり無言になってしまう。すると助け舟を出すように、一番前に座っていた女性が挙手をし、僕に質問してくれた。「小説家って食べていけるんですか？」と。

一瞬笑いが起き、教室はすぐに静まりかえった。「えっと、今年、小説かエッセイを本屋さんで買った人いらっしゃいますか？」と質問してみた。先ほどよりも静まりかえる教室。教授がたまりかねて「おいおい、お前らマスコミ志望だよな〜」と笑いながら「すいません、本当」と僕に謝る。

そのとき、教室の一番後ろに座っていた女性が恐る恐る手を挙げた。「あの、漫画なんですけど、小説が原作だった場合、小説にカウントされますか？」と質問してきた。遠足時の「バナナはお菓子に入りますか?」に匹敵する質問だった。

「それは漫画ですね」と僕は即答する。「あ、そうですよね……」。彼女はそう言って、手を下ろした。そして誰もいなくなった。いや、教室には八十人いた。いるにはいたが、誰も小説もエッセイも買っていない八十人だった。その日、ゲストで僕が来ると決まっていた場合、なんとなくでも興味があったら、一冊や二冊読んでみようかと思うものじゃないだろうか? 高望みし過ぎだろうか?

「小説家で食べていくのは、これくらい大変です」と僕は質問してくれた女性に回答した。そしてまた、温度が下がったんじゃないかと思うほどの静けさが教室を支配する。

その空気を払拭するかのように、「すいませ〜ん!」と教室の隅の席に座っていた、赤い髪の男性が手を挙げた。僕はすがるように「はい、なんでしょう?」と満面の作り笑いで訊く。「YOASOBIに会ったことありますか?」と男性が発すると、今日一番の笑いが教室に起きる。教授が、「静かにしろ、静かに」と場を鎮めようとした。僕は、「ないです」とだけ短く答えた。男性が、「会ったらサインもらってくださ〜い」と茶化すように言う。もう一度爆笑が起きた。

その日の夜、僕は新宿の某飲み屋にいた。知人のライターと担当の編集者の三人でウダウダと日頃の鬱憤を肴《さかな》にハイボールを飲んでいた。昼間あった大学での出来事をよっぽど最初に言おうかと思ったが、どうにも酒が不味くなりそうで言いそびれてしまう。

酔いが少々回ってきたところで、編集者がおもむろにとある文芸誌を鞄《かばん》から取り出し、「この雑誌のこの小説読みました？　つまんなかったな〜」と、とある作家が寄稿した小説の内容が、いかにダメだったかを話し始めた。重ねるように知人のライターが、「この作家を載せなきゃいけないなんて、この文芸誌もヤキが回ったな」と揶揄《やゆ》する。

その言葉を聞いて、僕は心臓あたりがズキンとした。僕も最初に文芸誌に載ったとき、Twitter（現X）のリプライで、「お前が載っているから買うのをやめた。好きな雑誌だったが、落ちぶれたもんだ」と、ほぼ同じ言葉でディスられたことがあった。どこかの夜に、どこかの酒場で、きっと僕もそうやってディスられていることだろう。

さらに編集者は、僕の小説が載った最新の文芸誌を鞄から取り出し、あからさまに煽《おだ》てるように、「まず目次！　このラインナップに、この級数で名前が載っていることが素晴らしいです！」と、わかりやすく持ち上げてくる。そのとき脳裏にはクッキリと、「えっと、今年、小説かエッセイを本屋さんで買った人いらっしゃいますか？」と質問をしたあとの、静まり返った教室の光景が浮かんでいた。

雨宿りをするふたり

先日、渋谷のドトールで、ホットティーを飲みながら締め切り間近の原稿に取り掛かっていた。しばらくすると、隣の席にふたりの女性が座る。彼女たちは席に着くなりフルスロットルで、赤裸々な話を開始する。僕はあっという間に原稿などどーでもよくなり、彼女たちの話に聞き入ってしまう。

ドトールの席間隔の狭さは、日本の象徴だ。海外の人からすると、ほぼ相席じゃないかと言われそうなほどの距離の近さ。隣の女性ふたりは、三十代後半から四十代前半くらい。彼女たちふたりの会話はどこまでもエロティックで、どこまでも共感できた。ひとりの女性には旦那とは別に、人生の端々で一緒に時間を過ごす「彼」がいるらしい。とある夕方に彼女は、そんな彼とまた再会して、彼の部屋でフランス映画を観たのだという。

「彼と数年ぶりだったんだけど、会うと必ず同じフランス映画を観るんだよね〜」と彼女はうっとりした口調で言った。「エロッ」と、僕は心の中で合いの手を入れる。彼女の話はそのあとも止まらない。

男はソファに座って、いつも通りのフランス映画を観ている。すると同じソファの隅で体育座りをしながら観ていた彼女が、おもむろに男の膝の上に移動する。男は後ろから彼女のことを抱きしめる。そして彼女の背中に男は頬をすり寄せた。そんな話をほぼ相席のような距離でされたら、誰でも仕事の手は止まるだろう。

「部屋はプロジェクターから流れるフランス映画の灯りだけ。そのあと私は彼にもたれかかったの」。彼女は前のめりでそう話した。

男は「重い、重い」と茶化しながら、強く彼女のことを抱きしめる。「話はそこからなの……」。彼女がそう勿体《もったい》ぶる。もうひとりの女性が、「なにがあったの?」と返す。僕も心の中で同じことをつぶやいていた。

「心から自由だああ、って彼とハモっちゃったんだ」。彼女は微笑む口元を両手で隠しながら、両足をジタバタとした。「マジかあ……」と聞いていたもうひとりの女性がダラ〜ンとテーブルに突っ伏すように倒れかかる。僕はそこまで聞いて、謎に納得してトレーを持って席を立った。

いまはすっかり会わなくなってしまったが、僕にもそんな人がいた。記念日でも休日でもない、ただの夜にふとどちらかが連絡をして、タイミングがすべて合ったときにだけ、つかの間の再会を果たす人。彼女はいま、スペイン人の男性と結婚をして、ニューヨークで暮らしている。日本を発つ前、「ニューヨーク、いつか俺も行くことあるのかなあ」とつぶやいたら、「やめてよ。いつか東京とニューヨーク以外で会おうよ」と彼女が言ったのを憶えている。

彼女と最後に会ったのは、いつだっただろう。その日も記念日でも休日でもない、ただの夜だった。彼女がそのとき住んでいた目黒のマンションに、仕事でくたくたのまま僕は向かった。「ただいま〜」なんて言いながら、数年ぶりの再会を果たした。駅前のスーパーマーケットで買ってきた、彼女の好きな白ワインとオリーブを、「はいよ」と手渡す。「うっす」と彼女はくわえ煙草でそれを受け取る。どこに引っ越しても健在の革張りの年季の入ったソファに、僕はゆっくりと身を委ねた。ガラスのテーブルの上に、白ワインとグラス、それにオリーブを盛った皿を彼女が置く。そしてソファの上でのびをしている僕の上に、彼女が覆いかぶさってくる。「最近は?」と彼女。「最悪かなあ」と僕は答えた。「あなたが不幸だと安心するわあ」。彼女が僕の耳元で笑う。お互いが雨宿りをするように、人生の一時、同じ時間を過ごした。

彼女のＳＮＳを確認すると、いまこの時間、彼女はニューヨークのマンションで、宇多田ヒカルの『Never Let Go』を聴いている。僕は東京の仕事場で、宇多田ヒカルの『Never Let Go』をかけてみる。現在のニューヨークの気温は八度で、晴れときどき曇り。東京は十五度を超えて、明け方に雨が降るらしい。

今日は疲れた。いい意味だけど

知人のデザイナーの男性が半年前に心を病んでしまい、仕事を休職し、「もう本当に死にたい」という趣旨のメッセージを一通送ってきた。「とにかく少し休んでください」と僕は返したが、そのあともメッセージは何通も送られてくる。そして内容はどんどん変化していく。次第に、「お前がうらやましい」という内容になり、一番最近届いたものでは、「お前のことがムカつく」にまで行き着いてしまった。

一見、派手派手しい仕事に僕が就いているので、休職している彼からしたら、眩《まぶ》しく見えてしまったのかもしれない。実際のところ僕の仕事は、ひとりPC画面に向かって、ぶつぶつと言いながら、来る日も来る日もキーボードを打ちつづける仕事で、気づくと誰とも話さず一日が終わることもざらだ。前職はテレビの裏方だったので、とにかく会議や打ち合わせ、クライアントからの呼び出しなども含めて、いまよりもよっぽど派手しくいろいろな人に、日々会っていた。

彼が送ってくる文面だけでも、症状が改善されていないことは明白だったので、僕は一度電話をすることにした。ワンコールで出た彼は電話口で、「ごめん、ごめん」を繰り返す。「一旦お茶でもしませんか?」と僕は伝えた。

数ヶ月ぶりに外に出たという彼は、無精髭《ぶしょうひげ》ではあったが、身なりはきちんとしていて、顔色も悪くない。一緒に働いていたときと、さほど変わらない印象だった。僕に送ったメッセージについて、そのときも彼は一生懸命に謝っていたが、正直僕は気にしていなかった。そんなメッセージの一つや二つでは到底埋まらないほどの迷惑を、僕は彼にかけたことが過去にあったからだ。

とある案件で、一緒に仕事をすることになっていたのに、ギリギリになって僕がドタキャンをしてしまった。そのとき僕は、言葉がうまく出てこないほど、精神的に参ってしまい、一日の大半の時間を布団の中で過ごした。しばらく電車に乗ることもできなくなった。仕事をするなどもってのほかで、貯金額だけがどんどん減っていく。食事もほとんど口にせず、アイスばかりを食べていた。そのときに二日から三日に一度、コンビニの弁当と飲み物を買って、様子を窺《うかが》いに来てくれたのが彼だった。

結局、半年くらい僕の隠遁《いんとん》生活はつづく。彼はその半年間、二日から三日に一度、当たり前のように食事を届けてくれて、話をひたすら聞いてくれた。言い過ぎではなく、命の恩人だと思っている。そのときの恩を返すときがやっときた、と僕は思った。彼はある時期はとんでもなくハイになり、そうなったあとは、信じられないくらいにローになって、攻撃的なメールを友人知人にやたらめったら送ってしまう。

僕に会ったとき彼は、ポロポロと涙を流しながら、嵐の中に突っ立っているような落ち着かない気持ちと、内臓を掻《か》きむしりたくなるほどのかゆみに襲われることについて力説してくれた。僕にも身に覚えがあることばかりだった。「あー、あるある」とか「あぁ、その感じ懐かしいな。いまでもときどきあるけど……」などと僕が合いの手を入れていると、彼は最初泣いていたのにだんだん可笑しくなってきたらしく、両手で顔を覆いながら笑い始めた。「気持ち悪いだろ?」と彼が言う。「まー、みんな気持ち悪いですよ」と僕は返す。

渋谷の喫茶室ルノアールで、そんな調子で三時間くらいふたりで話した。店を出ると、そこは週末の渋谷。これから飲みに出かける人の波で、うまく歩けないくらいだった。「今日は疲れた。いい意味だけど……」と彼が帰り道、僕に言ってくれた。半年間、コンビニ弁当と飲み物を届けてくれたお礼を、僕はそのときやっと言えた。「いろいろだな」と彼はもう一度笑う。

その夜、彼から一通のメールが届いた。「夜になると苦しいよ」という内容だった。一筋縄でいくことなんて、いままでもこれからもほとんどないだろう。それでもいい。根気よく傍らに誰かがいてくれれば、その誰かになれたなら、人生はどうにかやり過ごせることを、僕はもう知っている。

日々を生きる上での避難場所

日々を生きる上で、いくつか避難場所を持っている。例えば、スッとフェイントをかけて逃げ込める、絶対知り合いが来ない喫茶店。治安のいい図書館。バカみたいに人でごった返さない映画館。自分にとって品揃えがいい書店。

その中でも映画館は、東京からちょっと外れた場所にあるほうがいい。僕の行きつけは『シネマ・ジャック&ベティ』。横浜市中区にある名画座。エスカレーターで二階に上がると、味のある売店がまず現れる。館内はこぢんまりとしているが、椅子は深く座れて、窮屈な気持ちにならない。かかっている映画がだいたい好みなのも嬉しい。

東京で打ち合わせが終わって、まだ昼くらいだったとする。「急に上げないといけない原稿がない、でもホトホト疲れた」。そんなときは、東横線に乗って横浜まで出てしまう。そこから乗り継いで桜木町《さくらぎちょう》まで行く。野毛《のげ》の繁華街の、昼からやっている飲み屋で一杯ひっかけ、程よく酔っ払ったら、『シネマ・ジャック&ベティ』を目指す。その道すがら、年齢不詳、職業不定の愛すべき人たちが、ベンチや生垣にもう何年も座っているかのような存在感で鎮座ましましている。ワンカップをスポーツドリンクのように飲んでいる人生の先輩を眺めていると、こちらが悩んでいることや、気にしていることなどが馬鹿ばかしく見えてくる。

映画『羊の木』を『シネマ・ジャック＆ベティ』の一番後ろの席で観たときのことだ。エンドロールが流れ終わり、館内が明るくなると、僕の隣に座っていた女性が「あのう、すみません。最後のところなんですが、海に落ちたあと男は助かったんですか？」と聞いてきた。最初は驚いたが、すぐに僕は状況を理解した。彼女は目が不自由な人だった。僕は、最後のシーンを憶えている範囲でできるだけ詳しく説明をした。すると女性は、「スッキリしました。今日で三回目だったんですけど、最後のところだけどうしてもわからなくて」と笑顔になる。「ありがとうございます。ではトイレに……」。女性が席を立つ。トイレまで案内しますよ、と僕は手を取ろうとしたが、「慣れてますから、大丈夫ですよ」と微笑んで、女性はトイレまで杖を使いながら歩いていってしまった。彼女は映画館の常連で、トイレの場所は完全に把握しているようだった。『シネマ・ジャック＆ベティ』は彼女にとって、日々を生きる上での大切な避難場所なのだと思った。

その日、映画館を出ると、外は夕暮れで、大勢の人たちが川沿いを歩いていた。赤と青のネオン管。タイ料理の店の横に、中華料理屋があって、その横にはモクモクと煙を出すホルモン屋が並ぶ。『シネマ・ジャック＆ベティ』から路地を曲がると、焼酎の種類がやけに多い立ち飲み屋がある。そこでしこたま飲んで、疲れたらビジネスホテルで寝てしまうのがだいたいのコース。大自然の中での森林浴のように、伊勢佐木町《いせざきちょう》の妖しい灯りを全身に浴びながら路地を歩いていると、魂が回復していくのがわかった。

ラーメン半チャーハン。その美しい響き

下着になって、ベッドに突っ伏していた。一瞬寝落ちしたあと、ふと目が醒《さ》める。カーテンの隙間から漏れる光の弱さで、いまが明け方だとわかった。左の瞼《まぶた》がくっついてしまってうまく開かない。毛布がいつになく身体にフイットして、その毛布にしがみつくように眠っていた。あまりに気持ちが良くて、いくつか夢を見た。とても穏やかな夢だった。昔本当にあった出来事と、都合の良いフィクションとが、いい具合に絡まって、幸福にこんがらがった夢。

その夢は、仕事がなかなか終わらず、真夜中、ベッドにたどり着いたところから始まる。僕はその夢の中でも下着だけで眠っていた。

薄い掛け布団はとっくに床に落ちていて、枕すらベッドの上にはない。部屋のクーラーは効き過ぎで、喉の奥のほうが少しだけ痛かった。一緒に眠っていた彼女が、僕の身体に隙間なくへばりついている。重なっている部分が、どちらかの汗で滲《にじ》んで、じんわりと湿っていた。築年の浅い白を基調とした部屋は、二階の角部屋で、壁は若干薄かっ

た。外を歩いている人の声が、怖いくらいにハッキリ聞こえる。

「ラーメンと餃子じゃない？」「そこは半チャーハンでしょ」。明け方の通行人の、早過ぎる「ランチはなにを食べようか？」というおしゃべり。

「半チャーハンかあ……」。僕はポツリと口に出す。「いいねえ」と、いつのまにか起きていた彼女が、僕の胸のあたりでつぶやいた。「あれ、今日、月曜だよね？」と僕。「汗かいた。ちょっと暑いかも」と彼女。会話はいつも自由だった。彼女は僕に絡まったたま、どこかにあるはずの、クーラーのリモコンを手でバタバタと探す。オランウータンの親子のように、しがみついた彼女を大事に抱えながら、僕はベッドの下にあったリモコンをなんとか見つけた。彼女の丸まったTシャツと、僕の脱ぎ捨てられたジーンズも発見した。僕はリモコンのボタンを押す。「ピッ」という音。「今日は？」と彼女。「本当に月曜だったら、なにもない」と僕。「きっと月曜だよ」。彼女は大きなあくびをしながらそう答えた。

「駅前の中華料理屋で、ラーメンと半チャーハンはどう？」

僕が改めて提案をする。「なるほどねえ」。彼女は大きなあくびをしながらつぶやき、またまあるくなって眠ろうとした。

そんな穏やかな夢を見た。昔本当にあった出来事と、都合の良いフィクションとが、いい具合に絡まって幸福にこんがらがった夢だった。

昨晩は、とある企画の打ち上げを兼ねた会食で、恵比寿の外れのレストランに行った。参加者は十人とちょっと。そこにいる全員がとてもやさしく、とても紳士的で、なに一つイヤなことは起きなかった。店は貸切で、前菜からメインまで、本当に繊細な味付けの美味しいものがつづいた。途中、参加者の中でも特に偉い肩書きの男性が、「サイン、いいですか？」と気を利かせて、数年前に僕が出した文庫をわざわざ開いて持ってきてくれた。僕は恐縮しながらその文庫にサインを入れる。そのあと、冷えたビールをしこたま飲んで、書けるかどうかわからない、これから書いてみたいことを少々大袈裟に、その偉い肩書きの男性に伝えた。「あ〜、楽しみだなあ」。気遣いの塊のような男性が笑みを浮かべる。お土産までもらって、会はお開きになった。店の外に出ると、午前四時過ぎの恵比寿。タクシーに乗って、行き先を告げる。タクシーがゆっくりと走り出したところで、僕は後ろを何気なく振り返ってみた。すると、参加者の多くの方々が、こちらに向かってまだ頭を下げてくれていた。僕は慌てて車内から、見えるか見えないかわからなかったが、頭を何度か下げた。

部屋に戻って服を脱ぎ、下着になって、ベッドに突っ伏した。一瞬寝落ちしたあと、ふと目が醒める。カーテンの隙間から漏れる光の弱さで、明け方だとわかった。左の瞼がくっついてしまってうまく開かない。一瞬だったはずなのに、僕はいくつか夢を見た。とても穏やかな夢。あの日、駅前の中華料理屋に、彼女と本当に行ったのかどうか憶えていない。丸まったTシャツと脱ぎ捨てられたジーンズ。本当にあった出来事と、都合の良いフィクション。ラーメン半チャーハン。美しい響き。毛布がいつになく身体にフィットして、その毛布にしがみつくように、僕はもう一度眠りについた。

すこし疲れた都会が好きだ

夕暮れは都会のほうが美しいと思う。僕は六本木の夕暮れが好きだ。バーやレストランに、ぽつぽつと明かりが灯り始め、夜を待ちわびていた人々が、街にすこしずつ増えていく時間。ビルに映り込んだ夕日、ゆったり走るタクシー。仕込みを終えた中華料理屋の店主が、裏口で煙草を燻《くゆ》らせる。一日を折り返して、すこし疲れた大人たちが行き交う、すこし疲れた都会が好きだ。

六本木で打ち合わせが終わって、時計を確認すると午後五時をすこし回ったところだった。朝から仕事が重なり、ランチを食べることをすっかり忘れていた僕は、すこし疲れていた。コンビニでテキトーにサンドイッチと缶コーヒーを買って、公園のベンチに座る。次の打ち合わせまではあと四十五分。六本木で店に入ってゆっくりするほどの時間がないとき、僕は公園のベンチで食事を済ますことにしている。

行きつけの公園は、六本木にしては広い敷地面積だが、だいたいベンチには誰も座っていない。背の高いビル群と、昔からある古い住宅街の間にあるエアポケットのような場所。正式名称を「六本木西公園」という。昔はもっとそっけない、元も子もないただの公園だったが、いつしかきれいに整備され、都会的な公園に生まれ変わった。僕は二十年とちょっと前、その公園のすぐ近くにあった雑居ビルで働いていた。その頃も昼休みになると、だいたいコンビニでテキトーに弁当を買って、公園のベンチに座り、ぼんやりしながら食事をとることが多かった。昼も夜も休みもほとんどない毎日。「将来どうなるんだろう?」と日々ベンチに座りながら考えていたのが懐かしい。その頃、よく公園の草花に、水をやっているおばあさんがいた。何度か話しかけられたこともある。「どこの人?」とおばあさんが訊いてきて、「そこのビルで働いているんです」と答えると、「へえ。こうやって緑に触れる時間も作らないとだめよ」と微笑みながら教えてくれたのを憶えている。

あれから二十数年経って、僕は同じ公園のベンチに座りながら、いくつかの原稿の締め切りを調整しつつ、「一体将来どうなるんだろう?」とあの頃と同じ悩みを抱えている。誰かが、「人生に孤独はマストです」と言っていた。谷川俊太郎だったと思う。ならばもう一つ、人生には悩みもまたマストだ。いや、マストだと考えておいたほうが先に進める。それがたとえムーンウォークだとしても、僕たちは先に進んでいくしかない。

昔、この公園で休憩をしていたとき、威勢のいい声が聞こえ、顔を上げると、某有名カメラマンが某有名作家を写真撮影している真っ最中だったことがある。ふたりの周りにはスタッフが大勢いた。某作家は公園の生垣に横たわってポーズを決めてみせる。「いいねえ、セクシー！」、「お〜、もっといいねえ！」某カメラマンの合いの手が止まらない。歩きながらどんどんポーズを変えていく某作家と、野生動物でも撮影するかのごとく、一瞬も逃すまいと食い下がる某カメラマン。

絡まり合うように撮影しながら、ふたりはどんどん僕の座っているベンチのほうに近づいてきた。僕はコンビニ弁当を持って、ベンチから立ち上がり、抜き足差し足、移動しようとした。すると某カメラマンが、「君！　そのまま入っちゃおう！　いいねえ〜」といい加減な檄《げき》を飛ばす。コンビニ弁当を持ったまま立ち尽くす僕と、そんな僕に絡みつくようにしてポーズを決めまくる某作家。「いいよ。よし！　よし、もう一枚！　よし！」とシャッター音は止まらない。結局そのまま、撮影隊は僕を置き去りにして、公園を出て行った。あとから会社の人に聞いたところ、近くに有名な写真スタジオがあることがわかった。撮影隊のスタッフのひとりが、「写真を後ほどお送りしますので、ご住所いいですか？」と親切に聞いてくれて、用紙に住所、氏名、年齢、電話番号まで書いたが、写真は結局一枚も送られてこなかった。

六本木西公園のベンチに座りながら、あの頃のことをしばし思い出していた。気づくと次の打ち合わせの時間が迫っている。僕が荷物をまとめ、ベンチから立とうとしたとき、すぐ近くの草花に水をやっているおばあさんがいることに気づく。まさか、と思うまでもなく、あのときのおばあさんだ。向こうが覚えているわけもないので、気安く話しかけることはできない。おばあさんは少し左足が不自由そうだったが、あの頃とまったく変わらぬ様子で、慣れた感じで水をやっている。

夕闇の公園にどこかの店から、焼き魚のいい匂いが微《かす》かに漂ってきた。バーやレストランに、ぽつぽつと明かりが灯り始め、夜を待ちわびていた人々が、街にすこしずつ増えていく時間。ビルに映り込んだ夕日が美しい。あのときの某カメラマンは、現在ガンを患っているとネットニュースに出ていた。ポーズを決めていた某作家は、数年前にこの世を去った。公園を出る手前でもう一度、おばあさんのほうを振り返ると、僕の座っていたベンチに座り、一服している最中だった。夕暮れは都会のほうが美しいと思う。すこし疲れた都会が好きだ。劇的に変わっていく街で、それでも変わらない景色を眺めているのが好きだ。

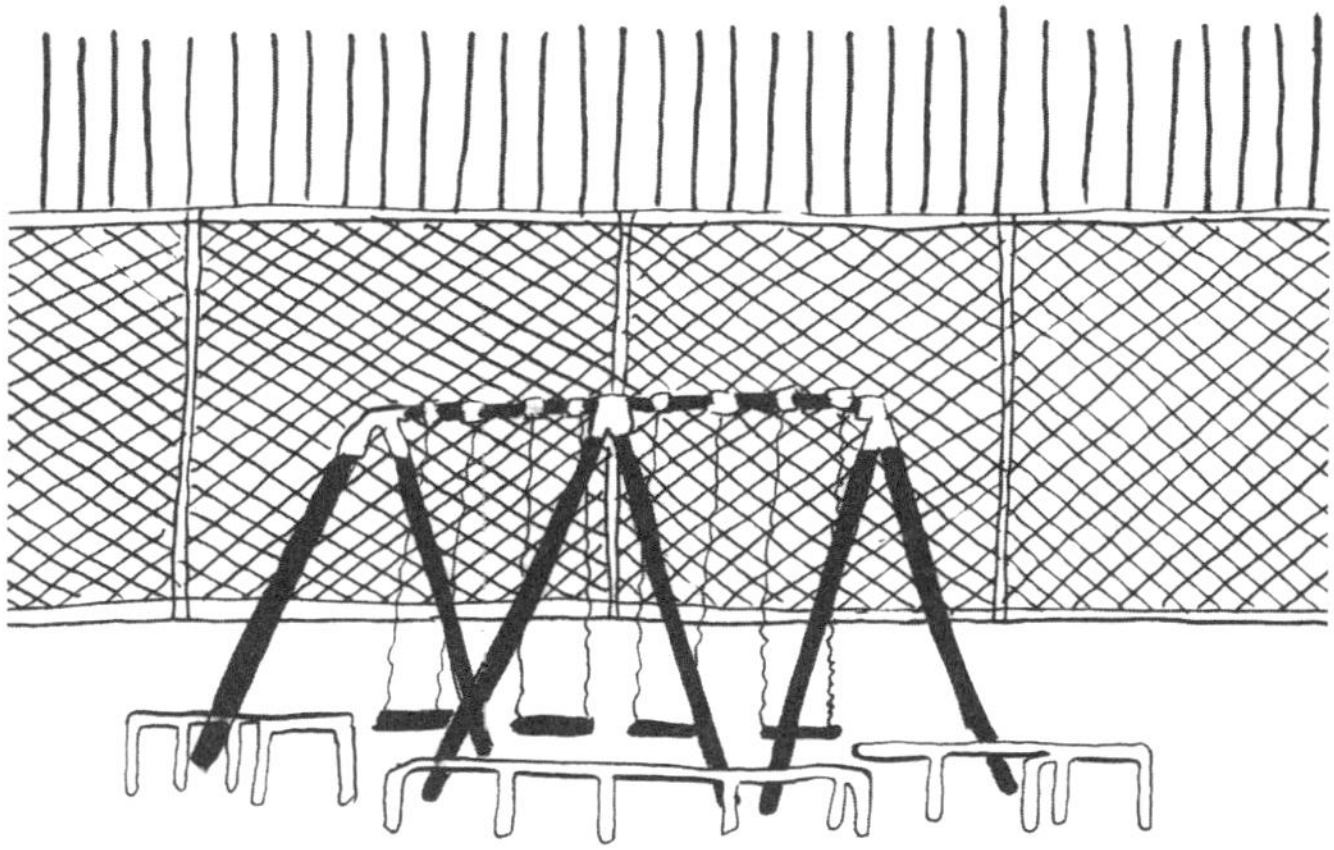

いいカフェ見つけたんですよ

映画関係者の方々と会食をしたとき、とある俳優の女性が近くの席に座っていた。その会食はよく飲む人たちが多く、ポンポンと赤ワインの栓が抜かれ、どんどん空になっていく。あっという間に、参加者全員ほろ酔い気分になると、だんだん込み入った話が始まる。近くにいたその俳優の女性が、「わたしはこの仕事をしている間は、カフェのテラス席でひとり座って、コーヒーを飲みながら読書するなんて絶対できないと思う。人生で一度くらい、そういうことがしたかったなあ……」と、ため息交じりに言った。

「一度もないんですか？」と僕が訊いてみると、「一度もって言うのは言い過ぎたかも。でも学生のときからこの仕事始めてしまったから、高校のときに何度か行ったくらいかな」と彼女。ワイワイと話していたそこにいた他のスタッフたちが、スッと押し黙ってしまう。ドラマやCMにも出ているし、いまの彼女にテラス席はたしかに難しそうだ。

その飲み会からしばらく経って、WOWOWで放送されたドラマ『杉咲花《すぎさきはな》の撮休』で、僕は一話だけ脚本を書いた。そのドラマは、杉咲花さんが「杉咲花」役でドラマに登場する。内容は、急に撮影が中止になり、一日空いてしまった杉咲さんがぼんやりと休日を過ごす、という話。脚本に縛りはない。「杉咲花さんの休日を自由に考えてください！」という要望のみ。僕の脚本を、映画『愛がなんだ』などの監督、今泉力哉さんが撮ってくれることも決まっている。僕はその脚本を書くため、目黒の喫茶店でひとり考えていた。

「きっと、こうやって喫茶店でぼんやりすることも、彼女だったら難しいのかもしれない」とそのとき僕はふと思った。公園でブランコに乗っていても、隣に知らない男が座ったら、いろいろ警戒してしまうだろう。友人とルームシェアしている設定にして、友人は杉咲さんが出かけるときは寝ていて、杉咲さんが休日を一日楽しんで帰ってきても、まだ同じ体勢で寝ているという話にすることを決めた。そんな一日を杉咲さんが、「ああ、それもいいねえ」と思ってほしかったからだ。

そのドラマは今泉力哉監督の作り出す淡々とした、でも味わい深い演出とも相まって、大好きな作品になった。ただ、そのときつくづく、みんなに羨望のまなざしを向けられて生きる職業の人は、それはそれは大変だろうなあと思った。

脚本を書くために思いあぐねていたその目黒の喫茶店は、深夜一時まで営業している。

さらにその喫茶店の数少ない良いところは、店主が信じられないほど放っておいてくれるところだ。

俳優の女性にそのことをメールで伝え、「いつか行ってみてください」と付け加えた。

「いいな。行ってみようかな」と返事が届いた。

先週、二日酔いでまた昼過ぎまで寝てしまい、ミネラルウォーターをほぼ四つん這《ば》いでこぼしながら飲んで、なんとか起きた。テレビをつけると、メールを送ったあの女性が、とある電化製品のイメージキャラクターに決まったという芸能ニュースが流れていた。最近なにか凝っていることとありますか？　というレポーターの質問に対して彼女は、「いいカフェを見つけたんですよ。そのお店、夜遅くまでやっているんです。小さなテラスがあって、そこで本を読みながら、ミルクティーを飲んでいる時間が好きです」と弾むような声で答えていた。そこまで見て納得した僕は、もう一度ミネラルウォーターをほぼこぼしながら飲み切った。

恥をかきたくないとか、うまくいかなかったらどうしようとか

ビジネスホテルに泊まると、いつも若干体調が悪くなる。乾燥と微妙な空調、こもった空気と水圧の弱いシャワー、風量が弱過ぎるドライヤー。とにかく不調になる原因が多過ぎる。朝起きると、必ずうっすら喉が痛い。ここ数日も仕事で、沼津《ぬまづ》のビジネスホテルに泊まっていて、体調がすこぶる悪い。今朝方も眠りが浅かったらしく、うなされるような悪夢を、立てつづけにいくつか見てしまった。

まず見たのが、亡くなったはずの祖母と、前の日にひとりで食べた餃子を一緒に食べているという夢。「やっぱり美味いね」と僕が言うと、祖母は「美味いねえ。お前はこの餃子について、原稿を書かないとダメだと思うよ」と返してくる。祖母が現在の僕の仕事を知っているという設定の夢だった。「そうだね。書いてみるよ」。僕は餃子を頬張りながらそう答える。

普通、夢を見ていると食べ物を口に入れる寸前で目が覚めると言われるが、今朝方見

た夢では、僕はムシャムシャ餃子を食べることができた。そして気づくと、沖縄石垣島のビーチにビニールシートを敷いて座っている夢に移り変わっている。横には女性が座っていて、沖のほうを見ながら微笑んでいた。夢だから仕方がないが、それにしても脈絡がない。子ども連れの親子と大きなゴールデンレトリバーが波打ち際で遊んでいるのが見える。彼女の顔をたしかめると、五年前に亡くなった、よくイベントなどに来てくれていた読者の方だった。

彼女は、新宿で行われた僕のトークイベント前日に都内の病院に緊急入院した。子宮がんだった。「明日のチケット取ったんですが、入院することになってしまって行かれません。席が空いてしまいます。本当にすみません」という内容のメッセージを僕に送ってくれた。文面の最後には、病院名と病室の番号も記載されている。「お気になさらず。お見舞い行きますよ」と僕は返した。

次の日、トークイベント前に顔を出すと、「本当に来たじゃん」と彼女はベッドの上でゲラゲラ笑い転げた。そのあと、病状がかなり深刻なこと、たくさんの後悔、本当はしたかった様々なことを彼女は話してくれた。検査もあり、水しか摂ってはいけなかったので、一緒に病院の売店まで行って、ミネラルウォーターを彼女に奢《おご》った。「はい、誕生日プレゼント」と言って僕がミネラルウォーターのペットボトルを渡すと、彼女は笑顔で受け取ってくれたが、「焼酎のソーダ割りとかを奢ってほしかったな」なんてぽつりと言ったのが忘れられない。

彼女はネットでたまにエッセイを発表していて、将来一冊の本にするのが目標だと語っていた。南の島でいつかサーフィンをしたい、という夢も教えてくれた。毎年検査をするべきだったという後悔。兆候がすこしあったのに、生活にかまけてしまったと、自分のことを責めていた。

「いつか、わたしのことを書いてください」とベッドに戻って、掛け布団で口のあたりまで隠しながら彼女が言った。「必ず書くよ。読んでよ」。僕は彼女とそう約束をした。最後に彼女は、「恥をかきたくないとか、うまくいかなかったらどうしようとか、本当はどっちでもよかったんですね。だって、生きて、自分がやるべきことができていたら、もうそれで十分幸せですよね？」と涙をいっぱい溜《た》めながら言った。僕はなんて返しただろう。正直思い出せない。でも、きっとうまく返せなかったと思う。

彼女はそのあと半年頑張った。その間に僕はもう一度だけ、彼女を見舞うことができた。ふたりで病院のエレベーターを一緒に降りて、ミネラルウォーターを買いに売店まで行く道すがら、「絶対言わないでね」とこれまで誰にも言わなかった内緒だったことを僕に教えてくれた。それに関しては、僕は一生誰にも言わない。

今朝起きると、うっすら喉が痛かった。ビジネスホテルの生活はいつまで経ってもなかなか慣れない。眠りも浅く、変な夢ばかりを見てしまう。でもそんな日々なので、久しぶりに彼女と夢の中で再会した。僕は相変わらずいろいろとミスをしながら、なんとか原稿を書いて生きている。特別誉《ほ》められるわけではないが、生活に困るほどでもない。恥をかきたくないとか、うまくいかなかったらどうしようとか、そんなことはどっちでもいいと思っている。だって、生きて、自分がやるべきことができていたら、もうそれで十分幸せなのだから。

明日をここで待っている

2021-2022

劇団社会人から一人間に戻るための儀式

友人は仕事から帰るとまず、気持ち良さそうに寝ている柴犬の腹に顔を埋めるらしい。柴犬も毎日のことなので慣れているのか、主人の気が済むまでジッと動かないでいてくれるんだと語っていた。それが友人の、劇団社会人から、一人間に戻る儀式だった。

僕がテレビの美術制作の現場で働いていたときは、帰るとまず、靴下を脱いで洗濯カゴに入れて、風呂場に直行した。デニムの裾をめくり上げ、熱めに設定したシャワーで膝から下、特に足の裏を中心に石鹼を使ってよく洗う。タオルでしっかり拭いて、そのあとに冷えた缶チューハイを冷蔵庫に取りに行って、「プシュ!」だ。これが僕の劇団社会人から、一人間に戻るための儀式だった。

父はモーレツに働く人で、子どもの頃、家でくつろいでいる姿を見ることはほとんどなかった。朝は四時半には起きて、自分で湯を沸かし、お茶を飲み、家族が起きないように準備をして、始発の東横線で会社に出かけていく。帰りはだいたい午後十時くらいだったと思う。酔っ払って無様な姿で帰ってきたところは見たことがないし、人の道に反したこともしない。国の模範囚のような人だった。だから僕は幼いとき、父と雑談をした思い出がほとんどない。七十五歳になった父と、「よし、話そうか」となるわけにもいかず、ときどき実家に帰っても、うまく話せたことがない。

ただ、先日ふと思い出したことがあった。その日、僕は取材と原稿の締め切りで、自宅に戻ったのが午前一時をちょっと回っていた。いつも通り、まず靴下を脱いで洗濯カゴに入れて、風呂場に直行した。デニムをめくり上げ、熱めに設定したシャワーで膝から下を石鹸で洗っているときに、ふと父とのことを思い出した。

それは三十年以上前の秋の始め頃のこと。母が閉め忘れた窓から、冷たい夜風が寝室に吹き込んでいた。僕は掛け布団をはいでしまって、眠気と掛け布団を探したい気持ちがせめぎ合う。目をつむったまま探していたが、どうしても掛け布団が見つからない。そこにまた冷たい夜風がスーッと吹き込む。僕はブルッと震えて、仕方なく目を開け、掛け布団を探すことにした。そのとき、居間の電気が点《つ》いていることに気づく。僕は眠気まなこで、這うように居間を目指す。するとそこにはスーツの上着がハンガーにかけられ、丸まった靴下が形跡を残すかのように、ソファに置かれていた。風呂場の電気が点いている。僕は導かれるように、風呂場に向かう。風呂のドアはすこしだけ開いていて、その隙間から湯気がもくもくと立ち上っていた。

「お父さん」

ズボンの裾をめくり上げ、シャワーの湯で入念に足を洗っている父親の背中に思わず声をかけてしまった。

「おう、起こしたか」

一日働いて帰ってきた父は、あからさまに疲れ切っていた。そのあと、二、三言葉を交わしたはずだが、なにを話したのかは思い出すことができない。

取材と原稿の締め切りをなんとか終わらせ、ほとほと疲れ切り、熱いシャワーで足を洗っていた僕は、ふとそのときの父の顔を思い出した。父がやっていた儀式を、自分がやっていたことに、いまさらながら気づいた。

風呂場から出て、タオルでしっかり拭いて、いつも通り缶チューハイを取りにいく。そのとき、出来心で父にメールを送ろうと思って、スマートフォンを手に取った。そこで初めて、父のアドレスを知らないことに気づく。えもいわれぬ申し訳なさが、心を締めつける。今度の休み、父の好きなあんみつでも持って、実家に帰ろうと思う。そのとき、アドレスを聞くかどうかは、まだ決めていない。

足裏マッサージがうまいと良いことがある

「ちょっとこっちおいで」と祖母に呼ばれる。

それは小学校低学年の夏休みのことだった。家族で、父がたの実家に里帰りをした晩の出来事だ。一杯飲み屋をやっていた祖母が、店を閉めてひと段落したあと、日本酒の熱燗《あつかん》を呑《の》みながら、赤ら顔で僕を呼んだ。着物の上に白い割烹着《かっぽうぎ》を着た祖母は、いつになく上機嫌だった。祖母は突然、僕の左足を引っ張ると、足の裏を揉《も》み始めた。僕はなにが始まったのかわからなかったが、とにかく、くすぐったくてゲラゲラ笑いながら、一生懸命逃げようとした。

「疲れが取れるだろ？」

祖母が揉みながら聞いてくる。

「全然疲れてないよ！」

くすぐったさをこらえながら僕はそう答えた。

そりゃそうだ。こっちは小学校の低学年だ。五十を越えたいまの僕なら、隙あらば「足裏マッサージに行かせてくれ」とあらゆるスタッフに懇願するが、当時は足がだるいという感覚すらなかった気がする。そしてしばらく僕の足の裏を揉んでいた祖母が、「はい、じゃあ交代」と言って、自分が履いていた足袋を脱いで、僕のほうに両足を放り投げた。なんてことはない、立ち仕事で疲れた祖母が、孫に足を揉んでほしくて、最初にデモンストレーションを見せてくれただけだった。そこからかなりの長い時間、祖母の足の裏を僕は揉まされる。最後のほうは、「もっと土踏まずを強く押して。足裏マッサージがうまいと、良いことがあるんだから」となんの根拠もないことを祖母は確信を持って、あの頃よく言っていた。

テレビ番組のロケ仕事をしていたときのことだ。集合時間、午前四時。場所は新宿西口。前の日のロケは午前一時までやっていた。そのロケの解散した場所は新宿西口だった。つまり、ただの三時間休憩だった。スタッフは全員、漫画喫茶や車中で仮眠を取って、再度、新宿西口に集合した。ワゴン車四台にわかれて、次のロケ場所まで移動する。僕の乗ったワゴン車には、とある国民的女優が乗っていた。彼女もさすがに疲れているようで、大きなあくびをしている。マネージャーが、彼女に目薬を渡したり、温かいお茶を飲ませたりしていたが、そのマネージャーすらウトウト眠ってしまった。すると、彼女が僕に話しかけてきた。

「この間、手相みてもらったら最悪だったんですよ。仕事運が今年の終わりからガタ落ちらしくて……」

「いや、これからは絶対忙しいですよ。来年も再来年も」

僕はヨイショではなく、本音でそう返した。

「手相とかみれます?」

彼女は僕にそう聞いてくる。

手を握れるチャンスが突然降って湧いた。しかしこちらも過労で、フラフラの状態だ。手を握るよりも、「とにかく休みたい」が勝《まさ》ってしまう。

「いやあ、手相はまったくわからないです。昔、足裏マッサージだけは祖母に仕込まれましたけど……」と、会話を終わらせるために僕はそう答えた。するとその某国民的女優が意外にも乗ってくる。

「えっ! そうなんですか?」

彼女はそう言いながら、もうスニーカーを脱ぎ始め、靴下もスルスル脱いで、僕の太ももの上に素足をポンと置いてきた。

「足の裏、揉み合いっこしましょうよ」

彼女は国民的スマイルでそう言う。周りのスタッフは、仮死状態のように眠っている。目的地までは、あと一時間とちょっとはあった。僕は彼女の足裏をとにかくグイグイ揉み、彼女もまた僕の足裏をグイグイと揉んでくれた。揉むたびに、「うっ！　きもちいい」と国民的に正しいかは甚だ疑問なリアクションが、彼女の口から漏れる。祖母があの頃言っていた通りだった。足裏マッサージがうまいと、良いことがあった。僕はグイグイと彼女の足の裏を揉みながら、亡き祖母に最大限の感謝をしていた。

明けないで夜

眠れないときに、コーヒーを飲むのは逆効果のような気がするが、僕にとっては不眠のときの最終手段がコーヒーだ。いつの頃からか、コーヒーを飲むと心がわかりやすく鎮静するようになった。友人は、アイスクリーム（ピノ）を寝る前に食べると、質の良い睡眠を取れると豪語していた。昔お世話になったアニメ制作会社の社長は、寝る前に必ずメールチェックをするのが日課だと言っていた。メールをすべて間違いなく返信していることを確認してから眠ると、安心して深く眠れるらしい。一種の願掛けみたいなものかもしれないが、そういうものは生きていく上であったほうがいい気がしている。

デザイナーの友人は、先週大きなコンペがあって、一週間前からずっとそのことで、どこか落ち着かないまま過ごしているようだった。友人はコンペ当日、あまりにストレスフルな状態になり、会社の引き出しの中に忘れたように置いてあった御守りを、スーツのポケットに入れて臨んだ。コンペの途中に、その御守りをギュッと握りしめることで、我を忘れず冷静になることができてよかったと語っていた。ただ、家に帰って、御守りをよく確認すると、交通安全の御守りだったことに気づいて、心の中でずっこけたらしい。気は持ちようというか、信じるものは救われるというか、溺れる者は藁《わら》をも摑むのだ。

不眠の原因の一番は、「眠らないといけない」と自分で自分を脅迫することだと、どこかの記事で読んだことがある。生きている間、不安はきっとなくならない気がする。というか、そもそも生物にとって、不安は必要不可欠な気もしている。危機意識のない生物なんているはずがないからだ。ぼんやりしていたら、絶滅まっしぐらだ。生き物は、きっと常々不安がるようにできているのだ。ただ過度な不安は、体調をわかりやすく壊す。不安をうまく飼いならすことが必要だ。僕もそれがイマイチ得意でないのだが、不安は当たり前、まあある感情だと思う訓練をしている。

不安で眠れない夜もある。それは今日だったりする。明日、大きな仕事の情報解禁を控えていて、そのことが心配でうまく眠れない。現在、午前四時をすこし回ったところ。明日は午前九時から打ち合わせが入っている。

「眠らないといけない」

それを強く思えば思うほど眠れなくなってしまう。仕方がないので、僕はインスタントのコーヒーを入れて、いまこの原稿をノートパソコンに打ち込みながら飲んでいる。ある人がアイスクリームを食べるとよく眠れるように、ある人はそれがメールチェックのように、僕はそれがコーヒーで、さらにはいま思っていることをカタカタと綴《つづ》ることだということに、最近ようやく気づいた。「ストレスフルなのは、ストレスの要因が漠然としているからですよ」と言っていたのは誰だっただろう。本当に忘れてしまったが、いまはそれがよくわかる。不安の正体を突き詰めると、「恐怖」に変わる、と知り合いが言っていた。恐怖に感じることができたら、あとは正しく対処するだけだ。もしくは打つ手をすべてやってみるだけだ。それでダメなら仕方がない。そんなことも生きていればいくらでもある。世の中のすべてが実力勝負じゃない。たまたま風向きがこちら側だった、向こう側だったということもある。とりあえず今夜はこのあたりで寝てしまおう。ヌルくなったコーヒーを飲み干し、明日のシミュレーションをして、歯を磨いたらベッドで目をつむってみよう。

花火は下から見るか、上から見るか

「人生、四度目」みたいな人は周りにいないだろうか。僕の周りにはひとり、「人生、七度目」みたいな男がいる。彼は基本的になにがあっても動じない。突然の地震で、僕がワタワタしているときも、静かに時計をチェックして、手帳になにかを書き込んでいた。あとでなにを書き込んでいたのかを聞いたら、明日の予定だった。彼は「食」に執着がない。ずっと同じ弁当屋で、同じのり弁当を買っている。一度、「いつも同じで飽きないの？」と聞いたことがある。「なにを食べてもそんなに変わらないよ」と素っ気ない返事が返ってきて終わりだった。ただ、なにに対しても興味がないのかというと、そうでもない。彼は印刷会社の営業職なので、出力された印刷物にだけは異様にこだわる。色味のチェック、紙のチェックをしている姿を見ると、職人そのものだ。職人が過ぎて、まったく資本主義に向いていない。試し刷りやら色味チェックにこだわってしまい、限りなく利益が出ない。よって出世はしないが、クライアントには喜ばれる。人を押しのけてまでほしいものが、この世の中にないと言っていたのが忘れられない。

「あいつさえいなければいいのに」と僕が思わずそんな愚痴をこぼすと、「別にあいつがいてもいなくても、君の書くものは変わらないよ」と素っ気なく真っ当なことを返された。そうなのだ。彼の言う通りだ。誰が成功しても、誰が失敗しても、自分の人生の充実度にはまったく関係ない。

友人が起業して成功を納め、ポルシェを買ったと、先日聞いた。買ったポルシェの写真をスマートフォンの待ち受けとSNSのアイコンにして、年賀状にもしていた。そして隙あらば、「ポルシェ乗る?」と聞いてくる。最近、都内のタワーマンション最上階に住み始めたらしい。その友人のインスタは、最上階からの景色かポルシェ、予約が取れない鮨屋の写真で埋め尽くされている。その友人の幸せは、他人からの「いいね!」があって、初めて成立する幸せに見えた。その友人が起業する数年前、高田馬場に住んでいたとき、よくコンビニで缶ビールを買って、ふたりして飲んでいた。人の悪口とエロ話をつまみに、缶ビール一缶で、朝方まで話したこともあった。

それは夏真っ盛りのある一夜の出来事。僕が仕事でどん詰まって、友人が起業についてまだ踏ん切りがつかない夜。風はまったく吹いていない。湿度だけがどっぷりとある、気だるい夜だった。お互い、将来の話は不安と緊張が付きまとう時期だったので、今夜はそれについて話すのをやめようということになった。コンビニで、小学生が買うような花火セットを買って公園に行った。さっきまでコーラが入っていたペットボトルに公園の水を入れて、花火の袋を開け、ライターで片っ端から火をつけて遊んだ。思えば公園で花火をするのは、数十年ぶりだった気がする。そしてそれ以来一度もやっていない。

いま、僕の家の前は小さな公園になっていて、夏休みの子どもたちが、大声で笑いながら花火を楽しんでいる。僕は仕事終わりで、ソファにごろんと転がりながら、ぼんやりそれを眺めている。その光景を見ながら、友人と一緒に公園で花火をやった真夏の夜を、ふと思い出していた。いま、彼の住んでいるタワーマンションからは、隅田川花火大会が上から眺められるらしい。

「一度見に来いよ」と誘われたが、断ってしまってそれっきりだ。別に昔が全部良かったわけじゃないのはわかっている。ただ、時間以外はなにもなかったあの時代、僕たちはいまよりも確実によく笑っていた。

入浴剤界のドンペリ

「温泉に行きたい」

ドラッグストアで半額になっていた入浴剤をポトンと湯船に落とし、しゅわしゅわと泡が立ち上がってくるのを見ながら、思わず口から本音が漏れてしまった。

テレワークもズーム会議も、僕の日常にしっかり根付いてきている。依然、世界はコロナ禍だ。社会はフリーズしたように、その場で足踏みを繰り返している。とりあえず温泉に行けるような社会状況じゃない。「遠出は自粛してください」と偉い人に言われるまでもなく、もう一年ほど自粛に次ぐ自粛で、さすがにノイローゼになりそうだ。僕の仕事は幸い、人に会わずに成立はする。雑務や納期、なんだかんだで机に向かいながら、一日の大半が終わっていく。ほとんど家の中にいるのだから、家の中を充実していかないと、こんなに仕事をしている意味がわからない、ということに最近気づいた。入浴剤に凝り始めたのはそのこともあってだ。湯船に浸《つ》かり、しゅわしゅわと泡が出るのをただぼんやりと眺めていると、やけに気持ちが落ち着いていくのがわかる。ケミカルな色も不自然な清々しい匂いも、人工的で安心する。

早めに原稿を終わらせ、風呂にすることが最近の生きがいになった。基本的に、風呂の湯の温度はヌルめに設定する。湯船に浸かりながら、鼻から大きく息を吸い込む。作られた大自然の香りが鼻腔《びこう》を抜けて、なんだか気分が良い。全身の筋肉が弛緩《しかん》していくような錯覚に陥る。

コロナ禍になる前は、最低でも午前二時くらいまでは飲み、デロデロに酔っ払って帰宅し、倒れ込むようにシャワーを浴び、全裸でベッドに沈むこともざらだった。その生活がコロナで一変した。もう半年以上、アルコールをまともに飲んでいない。

この生活になって気づいたことは、「自分はそれほど夜の街を愛していなかった」ということだ。アルコールもそれほど好きではなかったのかもしれない。「夜な夜なアルコールを飲んで、憂さ晴らしでもしていないとやっていられない」という呪文をかけられていたのかもしれない。アルコールを入浴剤に変えてみたら、悪いことが一つも起きない。まず入浴剤は、二日酔いにならない（知ってる）。頭痛や吐き気もともなわない（知ってる）。そして、お金がかからない（喝采）。どう考えてもベターな選択だ。さらにもうすぐ四十八歳になってしまう。二十代、三十代のように、朝方まで飲んでそのまま仕事に行くような苦行を繰り返すことはコロナ禍に関係なく、自分にはもう無理がある。残りの人生は、部屋の中を癒されるもので充実していきたい。しかしそこは資本主義。注意も必要だ。今日、「入浴剤の最高峰」と銘打った商品を見つけてしまった。肌にやさしい成分でできているのは当たり前。血流を良くし、睡眠の質まで高めるとの触れ込み。成分表を読みながら、思わずウットリしてしまった。

僕が入浴剤の師匠と呼んでいる、入浴剤マニアのテレビディレクターに「入浴剤の最高峰」について聞くと、「あれは入浴剤界のドンペリだよ」と嬉しそうに語っていた。その話を聞きながら、謎の目標ができて、顔がほころぶ自分がいた。コロナ禍に、僕は新しい沼を見つけてしまったのかもしれない。

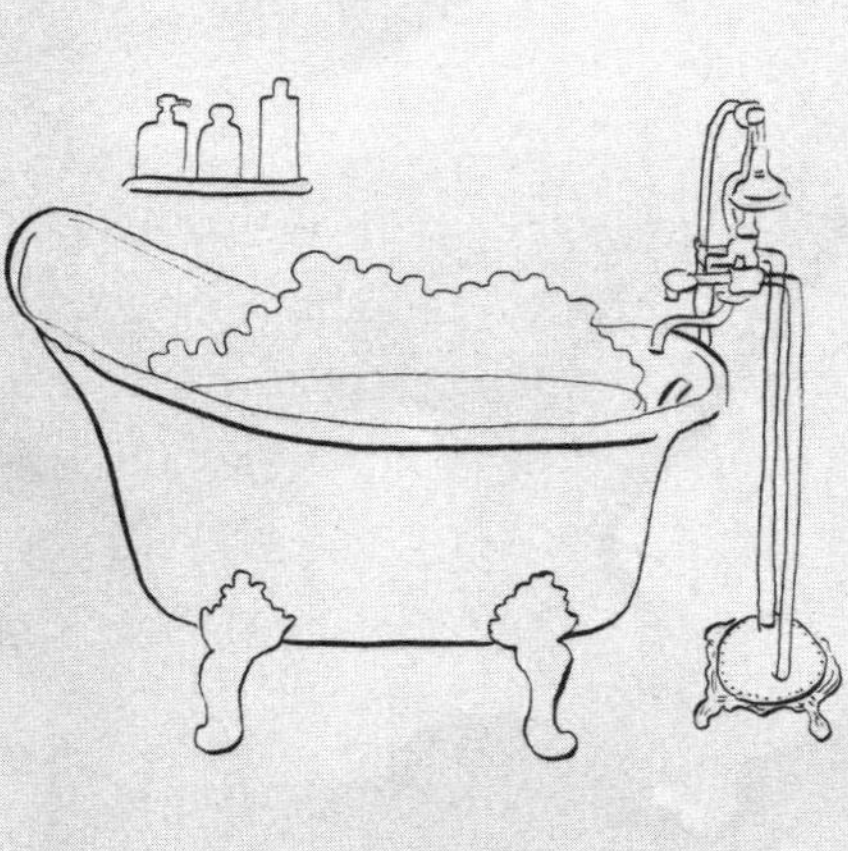

壁越しのメロディー

仕事部屋のソファで眠っていると、ギターを練習する音色が隣の部屋からうっすら聴こえてくる。壁が薄いのも悪いことばかりじゃない。メロディーはどこか懐かしいが、曲名まではわからない。ここは渋谷、円山町の仕事部屋。ラブホテル街の真っ只中にある築四十年の中古マンションの三階。ご近所付き合いなどあるわけがない。ギターを弾いているのは、どんな人なのだろうかと思いながら、ソファで寝落ちする日々が半年くらいはつづいていた。

昔、笹塚に住んでいたとき、隣の部屋のカップルの怒号で朝目覚めることが多かった。とにかくそこも壁の薄い物件で、隣の部屋のドライヤーの音はもちろん、ゲーム音までしっかり聞こえてくる始末だった。あの頃は、仕事が終わって深夜に帰ると、まずテレビをつけた。そのまま風呂場で、両足のくるぶしくらいまでを熱めのシャワーで洗って缶チューハイをプシュとやるのがおきまりのコースだった。その日は、いつもは朝になると聞こえてくるはずのカップルの怒号が、真夜中に響いた。聞き耳を立てる必要もないほどハッキリした日本語が、壁を突き抜けるように聞こえてくる。

「じゃあ、メール見せてよ！」「見せるかよ！　プライバシーだろうが！」

「見られたらマズいことがあるんでしょ？」「そんなことあるわけねえだろ」「じゃあ、見せなさいよ！」

浮気探偵と化した女と、プライバシーを盾に抗戦する男。こっちはとにかく一日、東京中を駆けずり回って、足がジンジンと熱を持っているのだ。熱めのシャワーで足を洗って、冷蔵庫から缶チューハイを取り出す。その間も、男と女のラブゲームは休戦する様子はない。

「じゃあ、さっきのハートマークのメッセージは？」

「は？　店長からだって」

「どこの世界に店長からハートマークが送られてくるヤツがいるんだよ！」

「は？　別に普通にあるわ、そんなこと」

無理がある。男の劣勢は否めなかった。その夜からしばらくして、隣の部屋からの怒号はすっかり消え、男の気配もすっかり消えた。ゴミ置場に向かう若い女とは何度かすれ違ったが、男の姿を見ることはそれ以降一度もなかった。僕はこの手の人間らしい騒音が嫌なほうじゃない。どちらかというと「人間」していて、いいなとすら思う。

そして今日も仕事場のソファで寝落ちしてしまい、深夜にあまりに冷えて、目が覚めた。隣から、いつも聴こえてくるはずのギターの音色が聴こえなかった。冬に向かう季節の匂いが、渋谷円山町でもすこしだけ香った。気持ちがいいので窓を開けて、ぼんやりしていると、スマートフォンにメールが立てつづけに届く。編集者から、今夜、資料をもらう約束をしていたことを思い出した。この時点でもう三十分は遅れていた。僕は急いでその辺に丸まっていたシワシワの長袖シャツに着替え、道玄坂を下りて行く。待ち合わせ場所まであとちょっとのところで、信号につかまってしまう。ふと横を見ると、路上でギターを弾いている青年がいた。オーディエンスらしき彼の演奏を見守る若い女の子が三人。信号が点滅して、青になろうとしている。そのとき、聴き覚えのあるメロディーが流れてくる。路上でギターを弾いている青年の旋律は、僕が毎日のように聴きながら眠っていた、あの壁の向こう側から聴こえてくるメロディーだった。思わず、「ああ」と声が漏れてしまった。彼の演奏を見守るように聴いていた若い女の子たちが、こちらを一瞬だけ振り返った。彼は目をつむったまま、一心不乱に弾いている。信号がまた点滅し始めた。僕は信号が次に青になるまで、彼のギターを聴くことにした。

白檀のお香を一本

最近、お香を焚《た》くことに凝っている。とにかく神経を弛緩させることに心血を注いでいる。さもなくば精神的に、かなりパツパツな時期に突入していてもちそうにない。

先月、自分が書いた小説が映画化され、公開になった。どう考えても喜ばしいことだが、どうにも浮かれられない。いついかなるときも、浮かれられない病気なのかもしれない。さらに映画にともなう、いままでに味わったことのないプレッシャーに日々襲われて、急性胃腸炎を短い間に二度発症してしまった。基本的に出来上がった映画は自分の手を離れているので、もう自分とは別人格のものとして遠くから眺めることしかできない。出来上がった映画に文句はなにもない。森義仁《よしひろ》監督には感謝しかない。ただ、映画にともなう対談、取材、ラジオ出演などの一つひとつが、とにかくずっしりと重い。もちろん信じられないくらいありがたいが、信じられないくらいに緊張を強いられるものばかりで気がまったく休まらない。ここ数ヶ月、ほとんど食欲というものを感じない。性欲に関しては、信じてもらえないかもしれないが、去勢されたんじゃないか？　と疑いたくなるほど凪《なぎ》のような状態。一つひとつのパブリシティが終わるたび、フルマラソンを走り切ったような体力の消耗、精神の消耗を感じる。そんな状態なので、ここ数ヶ月は仕事が終わると、とにかく寄り道などせず、早々に帰宅することにしていた。家に帰ったら、いつも通り靴下を脱いでパンツの裾をめくり、熱めのシャワーで両足を、くるぶしあたりまでよく洗う。疲れた日は、いつもの倍の時間をかけて、じっくりとそれをやる。するとやっと身体に血が巡り始めるのがわかる。そのあと、間違ってもスマートフォンに触れてはいけない。まずは白湯《さゆ》を飲んで一息つく。そして大きなため息、もとい深呼吸をしてみる。そこで白檀《びゃくだん》のお香をよく焚いていた。そのまま二時間くらい、ソファで寝てしまうこともある。白檀のお香は、祖母がよく焚いていたものだ。静岡の沼津で一杯飲み屋をやっていた祖母は、店が始まる前に、白檀のお香を一本だけ焚いた。それが祖母の店を開ける前にやる儀式だった。先日、横浜に仕事で行ったときに、たまたま仏壇屋の前で、祖母がよく焚いていたメーカーのお香を見つけた。その日も仕事の疲弊がマックスを超えていたので、祖母に「まあ、一本やりなよ」と言われた気分になった。箱買いし、最近は毎日焚いている。祖母は店が始まる前、割烹着を着て、うっすら口紅を引く。孫の僕から見ても魅力的な女性だった。祖母はおもむろにマッチを擦って、白檀のお香に火をつける。カウンターの席にしばらく座り、目をつむっていた光景を憶えている。

先日も気づくとまた、僕はソファで寝落ちしてしまった。目を覚ますと、ずいぶん時間が経ったと思ったのに、お香はまだ半分ほど残っていた。細い煙が天井に向かって伸びては消えていく。白檀の微かな香り。肌寒い夜。祖母がそうしていたように、僕も静かに目をつむってみた。

あの頃、図書館は僕にとってシェルターだった

「自分にはなにもないです」

そんな言葉で始まるハガキを昨日もらった。この時代にハガキというだけでも珍しいのに、送り主はまだ二十代の女性だった。打ち合わせが終わったところで、編集者が「ファンレターです」と、鞄からハガキを一枚渡してくれた。

青いボールペンで、きれいな文字で書かれた手紙には、日々感じる目一杯の不安が記されていた。東京の郊外でひとり暮らしの彼女は、派遣の仕事をしていたが体調を崩し、いまは引きこもりのような生活を送っているらしい。夢はあるが、まだこの手紙の中ですら披露できないくらいの夢だと書かれていた。たまたま図書館で、僕のエッセイ本を読んで、手紙を送ってくれたのだという。彼女が僕の本を見つけてくれた図書館は、東京だということを忘れてしまうほど緑に囲まれているところらしく、「うたた寝にはもってこいなので是非一度来てみてください！」と書かれていた。

僕も仕事が一番キツかったときに、図書館に逃げ込んだことがある。僕の場合は横浜

のはずれにあった、神奈川県立図書館だった。そこもやはり緑に囲まれた長閑《のどか》な場所だった。あの頃、図書館は僕にとってシェルターだった。まだ実家から仕事場に通っている頃で、母親には「仕事に行く」と嘘をついて、そのまま朝から晩まで図書館にこもっていた。館内には食堂があり、二百円くらいで、うどんやそば、団子みたいに麺が絡まったミートソーススパゲティが食べられた。僕はそこで働いていた岸部一徳に激似の店主に気に入られてしまう。

「学生?」ニコチン強めの両切り煙草を燻《くゆ》らせながら、彼は言う。僕はなんて答えたか忘れてしまったが、たぶん嘘をついた。

「まあいいや、これやってきて」そう言って、残飯をバケツに入れて僕に渡す。呆気《あっけ》にとられていると、火のついた煙草で食堂の裏手を指す。僕がそちらを覗《のぞ》くように見ると、三匹くらいの猫もこちらを覗くように見ていた。僕の職場への「不登校」は、半年くらいはつづいた気がする。その間、僕は朝から図書館に行き、昼になると二百円でうどんかそばかスパゲティを食べ、残飯を猫に運んでいた。三匹の猫は人間に慣れきっていて、とにかく旨そうに残飯を食う。その光景を眺めているときだけは、現実のあれやこれやを忘れることができた。

ハガキを送ってくれた彼女に、僕はハガキで返事を書いた。僕は、図書館に住み着いていた猫たちの話を書いた。あの岸部一徳に激似の店主のことも書いてみた。まだ夢すら持つことができなかった、あの頃の自分のことを書いた。彼女のハガキの最後には、「これを書いたことで、だいぶ気持ちが晴れました」とあった。彼女へ送るハガキをポストに入れたとき、僕もなんだか気持ちがだいぶ晴れていた。

映画館の暗闇が好きだ

仕事場の近くに小さな映画館がある。平日の午前中、コーヒーをどこかで買って、僕はその映画館によく行く。観たい映画があればラッキーだが、なかったとしても問題はない。平日の午前中の映画館は、ほぼ絶対ガラ空きだ。真ん中よりすこし後ろくらいの席に座って、荷物を置いて上着を脱ぐ。コーヒーを一口飲んで所定の位置に置き、スマートフォンの電源を切る。しばらくすると暗くなり、映画の予告がゆっくりと始まる。その瞬間がなによりも好きだ。

四十代も半ばを越えて、目の下のクマが消えなくなった。予期せぬところにシワができることも増えた。スーパー銭湯に行ったとき、何気なく全裸で鏡の前に立ったら、肉のつき方が老人そのもので正直ゾッとした。後ろ姿も映してみると、背中にポツポツとシミが点在している。うちの家系はシミやホクロができやすい家系だったことを思い出す。テンションが落ちる要因しかない。そしてさらにテンションが落ちるのが、生え際がガッチリ後退してきたことだ。テンションの二番底が抜けた。最近では、もう服を買うのにも力が入らない。「なにを着たって一緒じゃないか、うっすらハゲてきているんだから」と考えてしまう。

公衆トイレの洗面台で、鏡を覗き込みながらずっと前髪をいじっている若者を見ると、前はムカついてたまらなかった。別に変わらないからどいてくれよ、と心の中で思っていた。ただ、いまその光景を見るにつけ、なんだかうらやましいし微笑ましいと感じてしまう。こちらが正真正銘、老いたのだ。

メンズノンノを立ち読みするのが、エロ本を立ち読みするのと同じくらい恥ずかしくなってしまった。もともと円形脱毛症ができやすい体質でもあったので、ハゲには免疫があった。ただ、生え際が薄くなるというハゲの中でも本命中の本命になってみると、また違った落ち込み方を味わうことになる。落ち込み方にもコクが出たというかなんというか、濃度最大限濃いめに落ち込んでいる。

ものを書く仕事の一番いいところは、最低限しか人に会わないで済むところだろう。ときどき勝手な時間に映画を観に行けるところもいい。

平日の午前中、コーヒーをどこかで買って、僕は映画館に入る。観たい映画があればラッキーだが、なかったとしても問題はない。僕はいつも通り、真ん中よりすこし後ろくらいの席に座って、荷物を置いて上着を脱ぐ。しばらくすると暗くなって、映画の予告がゆっくりと始まる。その瞬間がなによりも好きだ。自分のみすぼらしい姿を、見ることも見られることもない暗闇が好きだ。光の束の中に映される美しい人々、恐ろしい出来事。哀しい瞬間と、幸せな瞬間。

我を忘れられるものをいくつか持っていないと、生きていくことに嫌気がさしてしまいそうになる。日常をなんとかやり過ごすためには、映画館の暗闇の中のような絶対的な安心感が必要だ。映画館の暗闇の中のような言葉や音楽。誰にも教えていないパートナー、ひとりの時間。寄り道と空想。人生に本当に必要なものは、たしかな肩書きや名前の付いていない、そういうあれやこれやな気がしている。

風が吹いていた

朗読劇の原作を書いてしまった。

「しまった」という言い方は、謙虚とか謙遜とかではない。本当に当てもない原稿を書いたら、それが朗読劇の原作になっていた。これでも、ものを書いて生活しているので、書くものは基本的には行く宛が決まっているものが多い。

出版社からの依頼、雑誌の企画、なんらかのコラムなど、とにかく依頼があって書いている。たまに疲れて、今日はもうなにもできないという日がある。正直まあある。そんな日でも、すこしは書く(もっと書け)。ある日、そんななにもできないと悟った日に、気分転換も兼ねて、昨日見た夢のような物語を書いてしまったことがあった。それこそが、行く宛のない原稿になった。

電話をしながらメモ書きをしたことはないだろうか? テキトーな落書きをしながら電話で話しているあの時間が嫌いじゃない。電話を切って、書いていたメモを見ると、自分はだいたい『パーマン』とか『ドラえもん』らしきものを描いていることが多い。友人はだいたい迷路を描いてしまっていると言っていた。そんなことはどうでもいい。久しぶりに制約なく、課題もなく、自由に書いた。電話をしながらメモ書きをするように物語を書いた。

その物語は簡単に言えば、東京での仕事や人間関係が嫌になり、いつもと反対側のホームから電車に乗って、湯布院に消えてしまうという話。消えた先の湯布院では、美しい女が待っている。主人公が宿の大浴場に浸かると、湯けむりの向こうから「カコン」と風呂桶の音がする。目をこらすとそこには美しい女の後ろ姿。そんな感じで始まる物語だ。ほとんどの時間を渋谷の円山町で過ごす、自分への慰安のような物語を書いた。その物語があれよあれよで、ＴＢＳ主催の朗読劇になってしまった。会場は新国立劇場。あれよあれよといったって、そこには血の滲む努力がどうせあったんでしょ？　と言われそうだが、本当になにもなかった。トントン拍子を超えた、トン拍子くらいで決まってしまった。

いつか振り返ったら間違いなく、「あの頃はツイていた」と僕は言うと思う。主演は成田凌さん、黒木華さん。恵まれ過ぎていて、もうそろそろ死ぬのかもしれないと本気で思った。それくらい恵まれている自覚はある。ただ世の中はやはり絶妙にバランスをとってくる。先日、かなりの量を書いた小説が、サクッとボツになった。こっちのほうは入念に仕込んで、形にしたいと粘ってみたがダメだった。

血が滲む努力をしてもダメなものはダメになる。その逆で、気分転換に何気なく書いたものが、大きなプロジェクトになったりもする。一つうまくいっても、うまくいかなくなっても、せめてそこに理由や意味を見出《みいだ》そうと試みるが、だいたいの場合は、さほどそんなに意味はない。

僕の毎日は、再現性のないことで埋め尽くされている。というか、誰のどんな人生も、基本的には再現性はない。そこには、いかんともしがたい、「そのときの風」みたいなものがあるだけだ。謙虚さも反省も最低限は必要だが、正直なところ、だいたいの場合は、「そのときの風」なんじゃないかと思う。あまり落ち込み過ぎず、あまり驕《おご》らず、ある程度、風まかせに進むくらいの気持ちでいい気がしている。

工夫と想像力

「月収１０００万！」という景気のいい文字が躍るラッピングカーが、信号待ちをしている僕の前を横切って行った。

それは渋谷の道玄坂あたりだとまったく珍しくない光景で、その手の水商売関係のラッピングカーは、渋谷の街を一日中ぐるぐると回っている。ラッピングカーの後方には、「ラクに楽しく稼げます！」と太字の殴り書き文字が躍っていた。一時期ＳＮＳの中では、「仕事は人生のほとんどの時間を費やします。だから仕事を楽しめないということは、人生を楽しめないということです」という呪文がよく流れていた。喉越しがやけにいい言葉だと思った。

「人生の三分の一は睡眠だ。だから質の良い睡眠を取ることは、人生の三分の一を充実させることになる」という言葉に似ている。ちなみにその言葉は、寝具を不当に高く売りつける仕事をしていた知人の常套句《じょうとうく》だ。彼は間違ったことはなにも言っていない。間違っているのは値段だけだ。鬼のリボ払いだけだ。

そもそもお金を払ってでも人にやってほしいことが、楽しいだけのわけがない。そう易々《やすやす》とお金をもらえるわけがない。ディズニーランドに入場するときに、ミッキーマウスがお金を配っていたという話を聞いたことがない。必ずこちらが払うことになっている。僕はレシートの管理、書類書き、税金の支払いなどが面倒過ぎて、お金を払って人に頼んでいる。あの作業をするくらいならお金で解決したいと心から思うからだ。

僕は二十代の始め、工場で働いていたことがある。永遠に流れてくるエクレアを八個ずつ箱詰めにする作業を担っていた。この単純作業を一日十二時間するという（休憩二回、一時間と三十分）、清々しいくらいブラックな現場で働いていた。単純作業をやったことのある人ならわかると思うが、あれはやっているうちにだんだん脳がトランス状態に陥る。トランス状態に持ち込めれば、しめたものだ。歯医者の予約や引っ越しの見積もり、法事のために黒いスーツを買うこと、宅配便の再配達の手配。そんな日々の些末《さまつ》なことが、単純作業特有のトランスに陥ると、まったく頭をよぎらなくなる。だんだんと無我の境地に至る。

しかしいくらトランス状態に陥っても、十二時間はやはりちょっと長過ぎる。さすがにドーパミンも切れかかる。そこで、「きれいに箱詰めできたら幸運が訪れる」と自分に暗示をかけ始める。あるときは、「一時間に箱詰めできた自己記録を自分が超えられたら、明日、誰かに告白される」と頭の中で暗示をかけ、なんとか十二時間をごまかし切ったこともあった。

基本、仕事はつまらない。工夫や想像力によって、なんとかするしかない。

その工場の最年長のバイトリーダーに、「お前、楽しそうに仕事してていいな。これが天職なんだな」と言われたことがあった。僕はあとにも先にも、人から「天職」と言われたのは、工場の単純作業しかない。

先日、行きつけのバーの店主が、酒についてしみじみと語っていた。「酒っていうのは基本的にはマズいんです。それをどう美味しくするかが、面白いところなんですよ」と。その話を聞きながら、酒の部分を「仕事」に置き換えても「人生」に置き換えても、しっくりくる気がした。わかりやすいビジネス書の常套句に騙《だま》されず、「工夫」と「想像力」という地味だが着実なことが、すべての局面で自分を助けてくれる（ごまかしてくれる）気がする。

日記

202204 - 202303

ここに書き起こしておかないと忘れてしまいそうな、日々の可笑しみと哀しみとその間のこと全部

4月9日

渋谷の円山町にある仕事場からほぼ出ないのに、日記を書くことになってしまった。朝、喫茶店に行って、昼になると中華料理屋でA定食かB定食かのどちらかを選んで食べて、夜は酒をすこし飲む。その間に原稿を書いたり、書けなかったり。基本的にそれだけの日々なのだが、そこにバリエーションをつけて、日記を書いていかなくてはいけなくなった。だってこれは仕事なのだから。

4月10日

会社を売ったという知人がいる。貯金額を聞いたら、バカなんじゃないかと思うほどの額だった。知人はバカのようにスニーカーを買い、鈍器のような腕時計を買った。そんな趣味だっけ？　と聞いたら、「まあ、こういう感じかなと思ってさ。変じゃない

でしょ？」というので、「変かもなあ……」と、思わず本当のことを言ってしまった。お金は儲け方よりも、使い方に、その人が出ると聞いたことがある。知人は、人生においで、「これだ！」と思うものを見つけたことがないらしい。こちらも大して見つけてきていないが、それが不幸なことくらいは理解できた。ネットはなんでも教えてくれるが、検索ワードは、こちらが打ち込まないといけない。お金持ちになるとだいたいなんでも手に入ると思うが、なにが本当にほしいのかを考えるのは、もちろん自分自身だ。

4月11日

桜並木の中で、一本だけ気合いでまだ咲いている桜の木があった。「すげえなあ」と思わず見上げながら言うと、ネットで日々政治問題で大喧嘩を繰り返している担当編集者が、「ああいう頑固なやつ、学校に絶対いましたよね〜、ヤダヤダ」と桜の木すらディスってみせた。

4月12日

常に心配事がある。自分が恨まれても仕方のないことを過去にやってしまっただけなのだが、ハラハラしながら生きている。正直、自業自得で、他人が聞いたら、「ざまあみろ」と鼻で笑われてしまいそうな出来事だ。ときどきリアルに思い出すと、一気に食欲が失《う》せる。それが今日だった。酒を飲む気力も湧かず、行こうと思っていたゴールデン街の『出窓』という店のママに、二、三日顔を出せない旨を告げた。ママはしばらく黙ってから、「叩いてホコリも出ないようなヤツは、他のこともなにも出ないと思うよ」と励ましてくれた。その言葉を今日は抱いて眠ろうと思う。

4月13日

東京の渋谷円山町の仕事場で一泊してしまった。道玄坂はコロナ禍によってバタバタと潰れた店舗で、歯抜け状態だったのに、新しい店が最近になってこれまたバタバタと建ち始めた。ウイルスもしつこいが、人間はもっとしつこかった。セクシーパブだった店が潰れて、なにができるのかと思ったらまたセクシーパブができた。ウイルスも絶句するほど、人間はしつこいのだ。

4月14日

いろいろなことを忘れてしまう。人の名前など最近は覚えようとすら思わなくなった。映画を観ても、しばらく経って感想を仲間内で言おうとすると、「あの最後にフラれたと思ったら部屋で待っていたやつ」など、元も子もない状態から話すことになる。そういえば今年は花粉症になることも忘れていた気がする。

良いことも悪いことも忘れていくほうが、生きやすいんじゃないかと思っている。

5月5日

J-WAVE『BEFORE DAWN』という番組のナビゲーターの仕事をやり始めた。今日が三回目の収録だった。週刊連載のエッセイの仕事だけでも四苦八苦なのに、大丈夫だろうか。

ラジオの収録が終わると異様に腹が減る。ものすごいカロリーを消費しているのがわかる。リスナーの方々から送られてくるメールを読むのは、本当に「その場ですぐ」状態なので、あんなこと言わなければよかった、みたいなことを帰りしなによく思う。いつか慣れるのだろうか。慣れるくらいまでできたら嬉しい。

今日もなんとか収録が終わって、また失われたカロリーを求めてラーメン屋にひとり入って、味噌ラーメンと半チャーハンを注文。逃げずによく頑張っている自分自身へのご褒美として、瓶ビールを一本追加。番組内でしくじった箇所を思い出し、反省しつつ、餃子も追加。

5月11日

「これはストレスですね」

西新宿にある皮膚科の先生に、眉毛があった箇所をまじまじと見られながら言われた。僕はいま、両眉毛がまったくない。「眉毛の円形脱毛症だね」と症状をＰＣに打ち込みながら先生は言う。眉毛も円形脱毛症ってあるのか、と思った。

まだ詳細は言えない小説のプロットがまったく進んでいなかった。さらにHuluで自分が原作を書いたドラマが、もうすぐ配信予定で、超絶緊張していた。さらにさらに週刊連載のエッセイもだんだんとストックがなくなってきている。『空手バカ一代』で主人公が修行のために山ごもりをする回があった。片方の眉毛だけを自分で剃《そ》って、みっともない姿になることにより、山を降りて人里に行かないようにするという回だった。『空手バカ一代』でも片方の眉毛だったというのに、僕は東京のど真ん中で、両眉毛を完全脱毛してしまった。「自分よ、いくらなんでもストイックが過ぎるよ!」と泣き叫びたい気持ちだ。

SNSに、「調子に乗るな!」と匿名の方から、愛のないメッセージが届いた。どうせなら調子に乗りたいが、両眉毛がない。

打ち合わせで会う編集者が、過去に眉毛があった箇所をチラチラ見ながら話を進めるので、「両眉毛、抜けてしまいました!」と自己申告した。「はい」とだけ返された。

5月19日

Hulu『あなたに聴かせたい歌があるんだ』の配信前日。日本橋三井ホールで完成試写会が開かれた。成田凌さん、藤原季節さん、伊藤沙莉さん、前田敦子さんをはじめとした豪華出演者の方々の登壇もあり、会場は満員御礼。報道陣の方々も三十人以上はいたと思う。会場に一歩入って見渡したところで、「ちょっとそこ、どいてもらっていい?」と、カメラマンさんから、思いっきり注意をされ、出鼻を挫《くじ》かれた。

それにしても、登壇の誘いを断って本当に良かった。あんなに華やかな場所に出て行ったら、スポットライトの光の強さで溶けてしまいそうだ。

バックヤードで成田凌さんと雑談をした。まったくもって平常心だった彼に驚いた。人生で乗り越えてきた修羅場の数が違うのかもしれない。

5月20日

Huluのドラマ『あなたに聴かせたい歌があるんだ』配信開始。

思えば四年とちょっと前、萩原健太郎監督とこの企画をスタートして、やっとこの日を迎えることができた。長かった。本当に長かった。試写室で萩原監督にお会いしたとき、口が滑って「あっという間でしたね」と言ってしまったが、これは絶対相当長かった。

全八話を通して観て、親バカみたいなことを言ってしまうが、本当に素晴らしいものになったと思っている。早速、レビューがついたので読んでみたら、「まずまずだった」みたいなことが書き込まれていた。四年とちょっとを費やして、「まずまずだった」で片付けられる仕事に就いている。厳しい。そして世知辛い。

夕飯、リンガーハットで野菜たっぷりちゃんぽんと餃子三つを頼むと、大学生っぽい男の店員さんから、「Hulu観ましたよ。最高っす!」と、帰り際コソッと言われた。人生は悲喜こもごも。それでも日々はつづくのだ。

5月22日

小説の原稿は相変わらずできていない。インタビューの原稿に鉛筆を入れる作業すら保留にしてしまっている。週刊連載の原稿と、とある短編の原稿をやらないといけないのだ。それにより、すべては後回し。会食を断り、打ち合わせを先送りにし、皮膚科すら行けていない。

そんな現状なので非常に言いづらいが、いま愛媛県松山市にいる。市内のドトールでこの原稿を打ち込んでいる。愛媛になにかゆかりがあったわけではない。思い入れもない。ただふらっと来てしまった。陶器を作っている窯元を回って、この旅に意味を見出そうとしたが、どこもかしこも閉まっていて、途方に暮れて結局、愛媛県松山市のドトールで、ホット豆乳ラテを飲んでいる。眉毛はないので基本はニット帽を被《かぶ》っているが、さすがに暑い。知り合いがいるわけでもないし、知らない土地だし、眉毛なしで歩いてみるかと、先ほどニット帽を脱いで、ドトールのトイレで久しぶりに自分の顔を、鏡でまじまじと見て驚いた。円形脱毛症が頭にもできていた。満身創痍《そうい》。神様が「汝《なんじ》、休みなさい」と言っている。スマートフォンを確認すると、「いま向かってます！」と編集者からの連絡。渋谷で今日、打ち合わせのアポが入っていたことを、愛媛県松山市駅前のドトールのトイレで思い出した。丁寧な詫《わ》びを入れたが、愛媛県にいることとは言えなかった。今日の最終便で東京に帰る予定。

5月24日

信じられないことにまだ松山にいる。

ドトールでこれを打ち込んでいる（またか）。一度サボると長くなるのが、自分の昔からの癖だ。繁華街の狭い路地を入ってみると、「ホスト募集！」という元気な看板がデカデカと掲げられていた。エメラルドグリーンのアパートとマンションの間くらいの建物があった。コーポってやつだろうか。あそこに住んだら、また違う人生があったかもしれない（そりゃそうだろうよ）。明日、夕方便で今度こそ帰ろうと思う。本当に怒られる予感がする。

6月1日

今年の正月に読もうと思っていた小説を、まだ一行も読めていない。今年も半分が終わりかけている。

6月3日

中目黒のジビエ専門店で、おかざき真里さんと『週刊SPA!』の担当編集Mさんと会食。漫画『あなたに聴かせたい歌があるんだ』の打ち上げ。のはずが、親と子の関係についての、どこにも出せない話を散々して終わった。おかざきさんも僕も、親との関係についてはそう簡単ではなかった。いや、きっとほとんどの人にとって、いろいろと言いたいことがある事案だとは思う。

「いつか、その問題に関して、私は描こうと思っている」とおかざきさんが言った。僕もいつか書こうと思っている。そのとき、本当の意味で僕はきっともう引き返せないという状態になる気がしている。

6月10日

ディズニープラスで、最初に書いたエッセイ『すべて忘れてしまうから』がドラマ化することが、やっと発表になった。「ディズニープラスでドラマ化!」というパンチが効き過ぎたワードは、いままでになく反響をいただいた。僕とは違って、人生を真面目に、そして着実に生きている妹が、「あんたはエラい!」と初めて誉めてくれた。

6月17日

ダイレクトメッセージを人に管理してもらっている。

「会いましょう」「あれはわたしのことですね」「返信をください」「新宿で待っています」「謝罪してください」「今日、死ぬかもしれません。連絡ください」と、こちらが原稿を書いたり、ラジオ番組の収録をしたり、またまた原稿を書いて四苦八苦している間に、律儀にずっと自分語りのメッセージを送ってくる人が二名いる。一名じゃない凡庸さについて、それぞれの方には気づいてもらいたい。

「あなたのやっている面倒は、結構、凡庸な面倒です!」と気づいてほしい。スケジュール管理をしてもらっている人に、日々削除をしてもらっていたが、先方をブロックすることだけはしてこなかった。極端な行動に出られても困ると思ったからだ。ただその二名は、この記事もきっと読むので、この場を借りて宣言しておくと、これ以上はどんな内容のダイレクトメッセージを送ってきてもブロックします。わかってほしい。昨日「返信がないと死にます」というメッセージが一件届いた。どんだけ自分勝手でどんだけ「死」という言葉を軽視しているのか、そこにこそ、想像力を使って考えてもらいたい。

6月19日

ＰＰＶで那須川天心VS武尊の試合を観戦。

煽《あお》りＶを観た時点で、涙が溢《あふ》れてしまって困った。昔、ＰＲＩＤＥを観ていたときの感覚を思い出した。

人生を賭けて戦う姿は真に美しい。その美しさは、残酷をともなう。深夜にイヤフォンをして、ＰＲＩＤＥのテーマをガンガンかけながら、ひたすらぐるぐる散歩してしまった。それくらいには興奮した。

6月20日

小説『湯布院奇行』のサイン本作り。この出版不況の中で、本当にありがたい。こういう状況が長くつづくとは思えない。二度とないかもしれない。同じくらいの時期に書き始めた人と先日メールをした。彼はもう書くことをやめてしまっている。やめるとき、彼からありがたい言葉をもらった。その言葉は、まだここには書けないが、いま自分がつづけることができている大きな理由の一つだ。この仕事を辞めるとき、きっと思い出す言葉だと思う。

7月1日

大阪梅田にて、大人計画『ドライブイン カリフォルニア』の舞台を鑑賞。その後、ライターの兵庫慎司さんと梅田にある、中島らもさん行きつけだったバーでアルコール。マスターが、らもさんとの思い出をいろいろと語ってくれるので、ついつい飲み過ぎ、気づいたら泥酔。ひとりでビジネスホテルに帰ったはずが、フィリピンパブのソファ席で爆睡して朝を迎えてしまった。早朝起きると、「味噌汁飲む?」とフィリピンパブの女の子が、具なし味噌汁をサービスしてくれた。店を出るときに五千円を彼女に支払った。なぜか千円返してくれた。

奇跡的に二日酔いはなし。本当は一泊で帰るつもりだったが、せっかくなので数日いることを決意。

7月2日

心斎橋に昔、家族で行ったたこ焼き屋があったことを思い出して、行ってみた。場所は微妙に変わっていたが、看板は昔見たものだったので、六個入りのたこ焼きを購入。懐かしい……、とまでは思えなかった。そのあと、人の多さに参って、すぐに梅田に戻り、ホテルで仕事をする。打ち合わせ予定だった編集者に事情を話して、「またですか！」と呆れられた。

スマホの充電器をベッドの隙間に落としてしまったので、ベッドを移動させると、たくさんの使い捨てコンタクトレンズのケースが捨ててあるのを発見してしまう。気持ちが悪い。別のホテルに変更することを決意。

7月3日

暑い。灼熱《しゃくねつ》とはこのことか。今朝も梅田の街をあてもなく散歩。アーケード内をやっと迷わないで行き来できるようになってきた（東京に帰りなさい）。それにしても大阪は、電車も地下街も本当に迷う。大阪に住んでいる方々は、この複雑な街のルールを、すべてマスターしているのだろうか。とにかく雑多で、情報量が過多。ただ、この雑多は嫌いじゃない。特にお気に入りは大阪駅前第3ビル。昭和のまま、いや昭和がまだ来ていない可能性すらある、その風情は歩いていて安心する。変わらないで大阪駅前第3ビル。

早めに新しいビジネスホテルを探して、チェックイン。ホテル近くの立ち食いうどんがうまい。早く寝よう。そして明日こそ東京に帰ろう。

7月4日

梅田のラブホ街を調査（東京に帰る話はどうなった）。渋谷もそうだが、ラブホ街には突然、神社があったりする。そして神社のエリアだけ、空気が澄んでいる気がする。そのラブホ街で、いい居酒屋を発見した。まだ開店前の店の前で、食べログを検索すると大不評のレビューがたくさん書かれている。大不評過ぎると、それはそれで行きたくなってしまう。ビールの値段が、昼間に買った綾鷹と同じ値段だった。大不評のわりにはいい店。

気づいたら夕暮れ。もう一泊することに。

7月5日

品川に戻る（やっとか）。

7月6日

とある映画の試写会に。作品はとても面白かった。ただ、終演後、監督につかまって感想を訊かれたので、「とても面白かった！」と答えると、「どんな風に？」と深掘りされ、フリーズしてしまった。こういうとき、すぐに適切な言葉を返せる人が本当にうらやましい。映画は面白かったです！

7月11日

試写会の感想を監督にＬＩＮＥしたが、一日既読にならず、気をもむ。

梅田のフィリピンパブから、絵文字まみれの営業メールが死ぬほど届く。ちぎっては投げ、ちぎっては投げしても届く。

8月10日

J-WAVE『BEFORE DAWN』のナビゲーターの仕事を始めて四ヶ月が経った。深夜ラジオ好きだった者として、J-WAVEの深夜を担当できることは、この上ない喜び。ただ、心からありがたいと思っているのに、毎週とんでもなくカロリーを消費して、ヘロヘロになってしまう。スタッフの方々がことごとく良い人たちで、なんら不満はない。番組に届くメールも、温かい内容のものばかり。なのに異様に緊張して、終わるとそのまま気絶するようにタクシーで渋谷の仕事場まで戻る。そしてそのまま朝まで寝てしまうこともしばしば。新しい仕事に慣れるまで、異様に時間がかかる性質を直したいが、きっと無理なので、騙し騙し頑張るしかない。

8月12日

上野アメヤ横丁に数年ぶりに行った。通っていた専門学校が入谷《いりや》にあったので、その頃よく通っていた中華『昇龍』で昼飯を食べた。この店の餃子はとにかくデカい。久しぶりで、あまりに腹が減っていたので、餃子六つとザーサイ、それにライスも付けてしまった。餃子が大き過ぎて横に並ばない。頬を膨らませて、一心不乱に餃子を食べていたら、初老の店員さんに、「お兄ちゃん、そんなにうまいか？」と笑われた。「お兄ちゃん」と呼ばれたのは何年ぶりだろう。栄養素の他に、「元気」がもらえる食べ物っていうのもあると思う。疲れた身体には、タウリンよりも『昇龍』の餃子が効く（気がする）。

8月13日

まだ上野にいる。台風が近づいているらしい。結局、原稿はさほど進まず、もう一日ビジネスホテルを取った。ガラス窓にダダダダと、雨が降りかかる音がする。救急車のサイレンが遠くで鳴っている。飲むヨーグルトをこぼした。

8月14日

台風は過ぎ去って、すっかり晴れた。上野の中華『昇龍』へまた行ってしまった。一度行き出すと、飽きるまで繰り返す癖が自分にはある。できれば、「まーまー好き」くらいでキープしておきたいのに、徹底的に通いつめて、あっという間に飽きてしまう。ここから中華『昇龍』へ行くペースは抑えていきたい。嫌いになりたくない。それほどに美味い。夜には身体に悪いと知りながら、大倉山にあるラーメン『摩天楼』に行ってしまった。

自分の中で、ジャンクフードブームが来てしまったみたいだ。

最初はほんの出来心だった。知り合いのライターが先週、「ひさびさにコーラを買ってみました〜」と目の前にトンと置いたところから始まった。数年ぶりにコーラを飲んでみたら、これがもうべらぼうに美味い。さらにそのライターから、「美味しく食べられるときに、美味しいものは食べておかないと損ですよ。俺なんかもう、カルビほとんど食えないですからね」と説得力しかない忠告を受けたのもダメ押しになった。それからポテトチップス、ラーメン、餃子によっちゃんイカと、ジャンクフード祭りを毎日開催している。ことごとく欲望に弱い人間だ。

8月16日

連日の報道やネットのニュースを見て、とあるネットワークビジネスにのめり込んで連絡が取れなくなってしまった友人を思い出した。

彼は「いまから五年後には、日本国民の半数以上が、この製品を使うことになるんだ。だからいまから一緒にがんばろうよ！」と、喫茶室ルノアールで熱弁をふるっていた。彼は真面目な人間で、散財するのは中古レコードくらいの男だった。そんな彼が突然豹変《ひょうへん》して、周りからどんどん孤立していく姿を見て、悲しかったのを憶えている。彼の両親から連絡があって、「連絡が取れないから高田馬場の部屋を見て来てほしい」と言われたのが、もう六年も前になる。高田馬場の比較的きれいなアパートに夜に行ってみると、部屋に電気が点いていた。チャイムを鳴らすと、フッと灯りが消え、いくら呼びかけても返事はない。その場で電話をかけたが、出る様子はない。ただ、扉の向こうから、小さく呼び出し音がずっと聞こえていた。

彼が「日本国民の半数以上が……」と言ってから、五年どころか六年が経った。もちろん日本国民の半数が使うような製品にはなっていない。彼のそれからの動向もまったくわからない。年老いた彼の母親から一度、「あのときは、部屋まで行ってくれてありがとうね」と電話をもらったことがあった。彼から借りっぱなしになってしまったレコードが二枚ある。いつか返せる日が来るだろうか。

8月18日

また中華『昇龍』に行ってしまった（小声）。

9月3日

駒沢のバーで知り合いのカメラマンと飲んでいると、文章を書いて食べていきたいという大学生の青年に声をかけられた。彼は綺麗な女性を連れていて、カウンターで一緒に飲んでいた。こちらはテーブルで、うだうだ人の悪口かなにかをしゃべっているときだったので、「ああ……」くらいの返事になってしまった。彼は女性のほうをチラチラと見ながら、「いま、小説を書いているんです。読んでもらえませんか？」と言う。先月買った芥川賞を受賞した小説も積ん読なのに、なかなかハードルの高い注文だ。うまく返答できずにいると、彼は「あ！　こいつと別に付き合っているわけじゃないです！」と連れていた女性の肩をポンポンと叩きながら聞いてもいないことを答える。僕と一緒に飲んでいたカメラマンが、「せっかくだから一緒に飲みますか?」と青年と連れの女性に声をかけてしまう。

結局、四人で飲んでお開きの時間は、午前三時を回ってしまった。会計時、そこにいた誰も、財布一つ出さないので、最後は僕が全額払うことになった。店を出ると、青年が僕の耳元で「実はあの子、元カノなんです」とつぶやいた。どーでもいい。心底無駄な夜を過ごしてしまった。

9月5日

二日酔いで起きられなかった。もう無茶な飲み方は金輪際やめよう。気づいたらゴールデン街の隅にある駐車場で、リュックを枕に寝てしまった。「コンクリート冷てええ〜!」と思いながら、四時間は寝ていた。コンクリートの上でも四時間寝られる僕の仕事場に、今日はベッドが届く。二万円も余分に払って、睡眠の質を上げるマットレスも購入した。無駄な買い物をまたしてしまった。

9月6日

もたれるとわかっていても、たまに食べたくなるものがある。自分の中でその二大巨頭が、ビッグマックと餃子の王将だ。今日はその二つを、いっぺんにいってしまった。渋谷で、ビッグマックセットを食べて、そのまま当たり前のように王将の餃子定食を食べた。

もうなにも成長しないのに、最近は成長期のような食欲に襲われる。

9月11日

自分で書いたエッセイを音読していたら、ほぼ感情に関係なく、ポロポロ涙が止まらなくなった。この仕事がつづくかどうかはわからない。ただ、ある程度は天職だったんだろうな、と今日思った。

9月14日

ディズニープラス スターにてドラマ『すべて忘れてしまうから』が配信スタート。

初めて書いたエッセイのドラマ化は、考えてもいなかったことで、本当にいまでも信じられない気持ち。全編フィルム撮影という贅沢《ぜいたく》さ、出演陣の贅沢さに驚いても驚き足りない。岨手《そで》由貴子監督とご一緒できたのは、一生の思い出。それにしても我が人生の激動期であることは間違いない。

9月18日

台風が鹿児島に上陸。「過去に例がない」との文言がニュースを賑《にぎ》わしている。雨が打ちつける中、仕事場のプロジェクターで、映画『噛《か》む女』を観ていた。桃井かおりと余貴美子の美しさ、脚本の素晴らしさ。TBSのディレクター佐井くんに、「観たほうがいいよ」と嵐の中、連絡をしたら「DVD持ってます」と当たり前のように言われた。先日、恵比寿のイタリアンレストランがあまりに美味しくて、最近よく打ち合わせをする二十代の編集者にLINEで店のことを伝えると、「あー、入社したときの歓迎会そこでした!」とあっさり言われた。

自分以外、みんなこの世に馴染んでいる感じがして、寂しい気持ちになることがままある。

10月4日

渋谷文化村のカフェで、小説の打ち合わせ。アイデアはある。ただ書き切れる気がまったくしない。考えてみると小説『これはただの夏』のときもそうだった。当時の担当者の方に、「書き切れない自信があります」と途中でメールを送ったことがあった。エッセイは締め切りには追われるが、心身が削られるというところまではいかない。小説は、確実に削られると共に、毎回必ず軽く病んでしまう。小説を書いている間は、睡眠薬がまったく効かなくなる。

10月9日

知り合いが、今日、東京を去ることをTwitter（現X）で知った。自分宛にメールもLINEもなかったので、彼とは若干ライトな付き合いだったのかもしれない。それなのに結構寂しい気持ちになっている自分に我ながら驚いた。とりあえず、その知り合いのツイートに「いいね！」を押してみる。押してみて気づいたが、彼が東京を去ることは全然「いいね！」じゃない。かといって、リプライを返すほどの仲でもない。よって、ここは「いいね！」しか選択肢がない。しかしこれでは、「いいね！　早く東京から出ていくのがいいね！」みたいな感じに見えてしまう。仕方がないので一度押した「いいね！」を消し、LINEに短い文章を送ってみた。SNSの「いいね！」ボタンも、「ちがうね！」「悲しいね！」「嬉しいね！」「微妙だね！」くらいのバリエーションがほしい。ザックリした感情で生きてはいるが、それくらいのバリエーションは欲している。それにしても彼に送ったそのLINEに、いっこうに既読がつかない。不安だ。「悲しいね！」だ。

10月22日

某アーティストグループの○さんとサシ飲み。○さんは、とにかく僕の小説とエッセイを読み尽くしてくれている。「あのエッセイに書いてあったことを実践して、おといふらっと旅に出たんです！」と瞳をキラキラさせながら言う。そして、「小説の中に出てきた○○ってキャラクター、あの人は本当にいる人なんですか？」とまたまたキラキラした瞳でこちらに質問をしてくる。「あれはねー、全部作り話かなあ」とか「あー、それも全部作り話かなあ」とか言っている間に、時計を見たら七時間が過ぎていた。僕から見ると、夢を叶えまくって、人生に死角なし！　という感じの○さんも、夢を叶えまくっているからこその喪失感、自分がしっかりしなきゃいけないんだという責任感で、なかなか大変そうだった。「ウンウン」とか、「それはさー」とか答えていたら、なんだか突然哀しくなって、話しながら説明のつかない涙がこみ上げてきてしまった。「あー、ごめん……、ごめん……」と取り繕おうとしたら、○さんも顔をしぼりで隠すようにして涙を流してくれた。「いまの気持ちを文章に残しておいたほうがいいかも」と思わず忠告してしまった。数年後、彼がいまよりもさらにスケールアップしたとき、きっと悩みもそれ相応にスケールアップしている気がする。そのとき、「いま」の自分の精一杯の文章が、唯一彼を守ってくれるはずだ。だから思わずそんなことを彼に伝えた。

彼とは相当偶然の出会いだ。でも、過去形で、「あれは運命だったよね」にできたらいいなと思っている。

11月4日

仕事場の断捨離。ちょっと早い大掃除。

とある先輩に「気球が上がって行くときは、砂袋を一つひとつ捨てていくだろう?

断捨離しないと浮上できないぞ、お前」と言われたことがきっかけで断捨離をすることにした。

最初からモノが少ないはずなのに、ビニール袋四つ分のゴミが出た。これですこしは浮上できるだろうか。

11月5日

本格的に腰痛になってしまった。ベッドから起き上がれない。鍼《はり》に行きたいが、こんな日にかぎって、朝から晩まで拘束されている。困った。とりあえず貼るカイロを腰のあたりに二つ。まだ浮上できず。

11月9日

腰の痛み、強から弱くらいにはなった。マッサージの先生に、「あなたの腰は、わたしがいままで見てきた腰の中でも一番悪いです。岩石のような腰です」とディスられた。マッサージで、いままでで一番くらいヒドいと言われると、なんで若干嬉しいのだろう。

放っておいた原稿の納期が迫っている。

11月11日

他人っていうのはホラーだ。ホラーだ！　キャー！

11月12日

レビューがつく仕事は残酷だ。ポンと誰かに書かれたレビューで、心を病んでしまった人が、ものを書くことを昨日辞めた。「こんなはずじゃなかった」という内容のLINEが届いた。僕もレビューで傷ついたことがある。ただ、前に「レビューは傷つく」とTwitter（現X）でつぶやいたら、待ってました！　とディスるレビューを書き込まれ、傷つく前に笑ってしまった。そういう意味では、まだ傷つきに強いほうなのかもしれない。昨日辞めてしまった人は、今年は休んで、来年から就職活動を始めるといっていた。

長く生きていると、「こんなはずじゃなかった」ということが、日々すこしずつ増えていく。コップの中で、すれすれ以上の表面張力で保っていた彼の「こんなはずじゃなかった」が、昨日ついに溢れてしまったのだろう。

11月13日

「本当のことを言うのは、身内だけだぞ」とか「こんなこと言うのは俺だけだよ」なんて言葉を発する人間が、味方なわけがない。

11月22日

「んじゃ、またね」が最後になることだってある。そういうことはもうわかっていたはずなのに、またそういうことが起きてしまった。

渋谷のスクランブル交差点は、今日も祭りかなにかみたいな人の多さだ。信号が変わるたび、たくさんの人たちが交差点を行き交う。その一人ひとりの構成は、まったく同じことは二度とない。

そんなこともすぐに忘れてしまう。

12月5日

ほぼ企画の書かれていない企画書が届いた。

12月6日

東京ガーデンシアターにて、『BE:FIRST』のライブへ。

ゴールデン街で飲んだときのLEOくんとは、まったく別人の『LEO』というひとりのアーティストがステージ上にいた。せっかく友達になったんだから！ くらいの気持ちでライブを観に行ったら、「こんな凄い人、知らない」という意味不明の感情が湧き出てきた。圧倒されたままライブは終了。スタッフの方に、「ぜひ、楽屋に顔を出してください！」と声をかけてもらったが、丁重にお断りさせてもらった。

帰り途中、LEOくんからLINEが届く。「どうでしたか？ 俺、大丈夫でした？」と。「なにをどう心配するんだ！ 凄かった」と返信。そのあと、いかにあなたのパフォーマンスが、多くの人たちの支えになっているかを、LINEで力説してしまった。その「多くの人たち」の中に、自分も含まれているということを付け加えた。

12月9日

二村ヒトシさんとのインターネットラジオ『夜のまたたび』の最終回を収録。最初は軽い気持ちで始めた番組だったが、気づくと三年の月日が流れていた。回数も七十七回に及んだ。ひっそりこっそりアップしつづけてきた不思議な番組だった。どこを切り取ってもバズることはない内容だったが、「バズる」という現象につきまとう下品さも一切ない番組になった。

番組本を最後に出せたことは、いい思い出だ。番組をちゃんと閉じることができてよかった。書籍もきっとバズるような内容じゃないが、自分にとって、とても大切な一冊になった。ディレクターの伏見さんには、いくらお礼をいっても足りないくらいだ。文字起こし、構成まで丁寧にやっていただいた兵庫慎司さんにもお礼を言いたい。

12月13日

胃のあたりの差し込み痛で目が覚める。布団は汗でびっしょり。暑いわけではなく、完全にあぶら汗。身体が冷えたと思い、風呂場まで行くが、そこで意識を失ってしまった。三十分くらい意識がなかった。目が覚めると、また差し込み痛。これは本当に危ないと思って、タクシーを呼んで病院へ。診断は胃腸炎。「とにかく今週いっぱい絶対休んでください」と医者から言われ、帰宅。どう考えても休んだらマズいスケジュールがびっしりで、どうしようかと途方に暮れ、Twitter（現X）に状況を打ち込む。仕事を一緒にしている方々からメールがあり、謝罪しながら、スケジュールを変更。

見慣れないメッセージが届いたので、間違って開けると「体調悪いとか泣き言いってんじゃねーよ！」と知らない人からの容赦ないメッセージ。静かに削除。師走感。

12月17日

胃腸炎の症状は、だいぶ改善されてきた。先送りしていた仕事が山のように溜まっていて、これはもうクリスマスどころか、年末年始が吹き飛びそうだ。というか、最初から吹き飛びそうだったことをやっと理解できた感じ。ただ冷静に考えると、この異常なスケジュールも、来年再来年あたりには、懐かしくなるような気がしている。多分それは当たっている。そのうちすべては懐かしくなるはずだ。とにかくそう思うと、心身共にギリギリながらも、感謝を込めて一つひとつの仕事に対峙していきたい。

そのうちすべては懐かしくなるのだから。

12月18日

またぎっくり腰になってしまった。

身体の良いところを探すほうが難しくなってきた。整骨院の先生に「腰の筋肉が二流」と言われた。あんまりだと思う。

1月2日

去年一年全体的にスケジュール管理をミスってしまい、仕事が重なり過ぎたので、今年はできるだけ余裕をもって一年やっていきたい。ただ、週刊連載のストックがすでに二週先までしかない。余裕、風前の灯火。

1月6日

大塚に旧友を訪ねる。年末年始、結局なんだかんだで仕事をしてしまったので、やっと正月らしい一日を過ごす。友人とは三年ぶりの再会。友人はコロナ禍にマンションを買って、再婚をしていた。前に会ったときはたしか、離婚話かなにかで悩んでいたはずだ。三年という月日、心底恐ろしい。

1月7日

BE:FIRST『GYAO! MILLION BILLION』第一回目がO.A.される。全部で三回配信されるらしい。事前に送られてきた動画を観て、自分のおじいさんぶりに哀しくなった。毎日のように鏡で見ているはずなのに、横にLEOくんが並ぶと、いろいろもう限界を超えている。仕方ない。

LEOくんと、なにがどうしてここまで友達になれたのか、よくわからなかったが、動画を見直してみたら、なにがなんだかわかった気がした。本当に出会えてよかった。

1月8日

雑煮を食べた（遅い）。

1月11日
『マンガ家・つげ義春と調布』展へ。
今年は二週間に一回くらいは、美術館や映画館、個展などに時間を使いたいと思っている。会場は平日なのになかなかの入り。原画や、映画『無能の人』のポスターに写真、つげ義春さんが使用していた絵の具やパレットまで展示してあって、入場無料という大盤振る舞い。Tシャツを買うか悩んでやめた。

1月12日
「人は誰もが歳を取る。ただ誰もが大人になれるわけではない」という言葉を嚙みしめる一日だった。言いたいことはある。グッとこらえて、ふて寝。

1月14日
J-WAVE『BEFORE DAWN』の収録。
フリーのプロデューサー、五箇公貴《ごかきみたか》さんをゲストにお迎えした。五箇さんは、ドラマ『サ道』のプロデューサーでもある。今回は、そんな五箇さんのサウナ愛がぎっしり詰まった一冊、『サイコーサウナ』（文藝春秋）についてのトーク。五箇さんとの付き合いも結構長くなった。最初出会ったのは、『ボクたちはみんな大人になれなかった』をテレビ東京の連ドラにどうだろうか？　という趣旨のメールからだったはず。

思えば、あの作品はたくさんの人を僕に会わせてくれた。またそんな作品を作りたいなあ、と五箇さんと話しながらずっと考えていた。

1月15日

小説を書かないといけないのに、正直まったく進んでいない。エッセイもぱったり書けなくなっている。電気代の封書を開けると、かなりの金額になっていて、恐れおののく。なんの保証もないまま、四十代が終わりかけている。ノートパソコンもスマートフォンも壊れかけている。我ながら清々しいくらい計画性のない人生になってしまった。まあ、仕方がない。

1月16日

雑煮を食べた。

1月17日

仕事がまったくうまくいかなかった。ラジオ収録中、あぶら汗がタラタラと止まらなくなり、いつも以上に四苦八苦。すこし慣れたかも、と思っていたのにこの体たらく。リスナーの方からのメールに、「わたしは長生きしたくない」という趣旨のものがあった。僕は長生きしたいと思ったことがない。ただ、いますぐ死にたいとも思ったことがない。社会人のとき、定期券は常に一ヶ月分しか買わなかった。三ヶ月、半年だとゴールが遠過ぎて、頑張りが効かない気がして、期限を一ヶ月にしていた。刻んで生きていくしかない気がしている。その結果、長かったとしても、短かったとしても、それはそれで仕方がない。

1月18日

西寺郷太著『90's ナインティーズ』(文藝春秋)を一気読み。郷太さんに昔、「君の小説は、オーディエンス文学だね」と言われたことがあった。当たっていると思った。90年代、ビビってロクにライブハウスにも近づけなかった。そのときのことを、僕はあの小説(『ボクたちはみんな大人になれなかった』)に全部書いた。あの時代を最前列で観ていた誰か、二階最上段で観ていた誰か、ステージから眺めていたプレイヤー。その誰もが、「あの頃、面白かったよなあ」と一緒に懐かしみ、慈しむくらいには時間が経ったんだなあと思った。

2月2日

「出会いより多い別れはないよ」と、富士そばの隣の席で、ミニカレーセットを食っていたサラリーマンふたり組の片方がつぶやいた。聞いていたもう片方が、「深いっすねえ〜」としみじみ応える。富士そばにも名言は落ちている。

2月4日

「○○が、あなたのことを悪く言ってましたよ」という告げ口を、酒の席で延々とされる。告げ口をしている本人が、きっと僕のことを嫌いなんだろうなあ、と聞きながらずっと考えていた。

最近、一見そう見えないのに、内面はプライドの塊という種族によく会う。当人はそれがまったくバレていないと思っているのが、彼らの特徴だ。なんならそういうタイプは、三枚目を演じていることが多い。

2月5日

ずっと誹謗《ひぼう》中傷メッセージを送ってきていた人をブロックした。火に油かな……、と思ったが、かなり酷《ひど》かったので仕方がなかった。するとたまに「体調気をつけてくださいー」というリプを返してくれていたアカウントの人が、「なぜブロックしたんですか！」とダイレクトメッセージを送ってきた。ブロックしたアカウントの別垢が、「体調気をつけてくださいー」垢だった。うまく伝わらないかもしれないが、かなり背筋が凍る体験だった。

2月10日

北参道で打ち合わせ。朝方雪だったが、昼からは冷たい雨。

来年の七月に発表になる、とある企画の打ち合わせ。もうなんだか時間の感覚がよくわからなくなる。

「まだここだけの話にしてほしいんですが……」と、来年まで秘密にしなければいけないことを聞いてしまった。来年まで注意して生きていくことが、また一つ増えた……。つくづく向いていない仕事に就いている。

2月11日

「もったいないなあ……」としみじみ言われる。とある大きな仕事を断ってしまった。もし受けたら、悪目立ち間違いなしの仕事だった。

「そこに山があるからって、登りたくなかったら登らなくてもいいんだよ」とドトールで自分を慰めている。いつか後悔しそうだが（もう若干している）、これはこれで仕方なかったと思うしかない。

2月14日

打ち合わせで初めてお会いした編集者の女性から、「あの、チョコレートです。一応」と渡され、今日がバレンタインデーだと初めて気づいた。彼女との仕事は結局、時期尚早ということで流れてしまった。ということはお返しをどうすればいいのだろうか……。

2月19日

昼にチャーハン大盛りを食べたことにより、一日中胃もたれ。もう大盛り禁止だ。もしくはチャーハン禁止だ。

今年五十歳になることを、全身が教えてくれている。肩から正体不明の毛が一本、びよ～んと生えていた。全身が教えてくれている。

3月1日

週刊新潮の原稿をなんとか仕上げた。前は二ヶ月先まで送っていた原稿も、ついに取って出し状態になってしまった。リアル週刊連載。週刊連載は一週間に一度、必ず原稿を送らなければいけない（当たり前）。常に「〆切」という文字が頭の片隅にありながらの日々。恐ろしい職業に就いた。

3月2日

J-WAVE『BEFORE DAWN』収録の前に、サッポロ黒ラベル『OTOAJITO』にゲストに呼んでいただいた。クリス・ペプラーさんの声をヘッドフォンで聴きながら、ビールを飲む収録は至福。「それでね、燃え殻さん」とクリス・ペプラーさんが僕に話しかけてくれる。至福。

3月3日

友人と渋谷『どうげん』で焼き肉。りんごを千切りにしたものをロースで包んで食べる、その名も「りんご」というメニューが最高に美味。ハイボールを飲み過ぎ、酩酊してしまい、深夜にラーメン半チャーハンを食べてしまった。酒は仕方がない。ラーメンと半チャーハンはマジでやめよう。胃もたれとむくみが酷い。もう何度も言ったじゃないか。

3月4日

とある原稿が信じられないくらい進まない。担当者から連絡がないことを祈りながら日々過ごしている。こういう状態にならないために早くやるようにしていたのに……。とりあえず朝まで粘るしかない（現在午前五時。朝の可能性あり）。

3月5日

GRAPEVINEのライブを観に新潟へ。仕事が煮詰まっていたので、ちょうど良い気分転換になった。ライブ後、楽屋を訪ねたら、ボーカルの田中和将さんから、「小説読んでますよ。ファンクラブの会報に書評を書いたところでした！」と嬉しい報告をされた。「とりあえず飲みましょうよ！」そう言って、日本酒の一升瓶を掲げる田中さん。そんな夢のような誘いを、誰が断ると言えるだろうか。結果、泥酔。

3月10日

久しぶりに仕事がもめにもめている。日常付き合うならやさしい人に限るが、仕事で付き合う場合、「やさしいけど決断力がない人」というのが、一番面倒だったりする。とにかく良いことも悪いことも、保留にしてしまう人が一番厄介だ。

3月12日

今日はひとりでひたすら原稿を書く予定だったのに、起きたら昼過ぎで、コインランドリーに行って、ドライ乾燥が終わる間に『餃子の王将』で餃子をつまんでいたら、もう外が暗くなりかけていた。なにも成果を残すことなく、今日が終わっていく。死ぬときに後悔しそうな一日だと思ったが、来週には忘れてしまいそうな一日でもあった。

3月14日

映画界の闇、みたいな話を聞いてしまった。怖い。

3月15日

新しい連載の準備の準備くらいの段階。原稿を一つ書いた。いつ発表できるだろう。無事に発表できるところまでメンタルがもつだろうか。多分ストレスからの胃痛で、昨日からまた調子が悪い。アルコールと中華は本当に禁止。

3月20日

LEOくん（気配りの人）から自宅に荷物が届いた。お菓子がたくさん入っていた。お礼のメールを送ると、「仕事の合間に食べてください！　小学校の知り合いがやっている店なんです！」とすぐに返信があった。ポリポリとお菓子を食べながら、滞っていた原稿に手をつける。いつか彼と映像の仕事ができますように。

3月21日

テレビ局のプロデューサーと道玄坂の焼き鳥屋で会食打ち合わせ。ハイボールを飲み過ぎてしまった。そして気づいたら、またラーメン半チャーハンを食べてしまっていた。麻薬。八キロ太った。あらゆる欲に弱い（もういいよ、お前）。

ではでは明日も
生きましょう

一日とちょっとの旅

「二十四時間ではなくて？」と僕はもう一度確認をする。

「はい。三十時間です」編集長は微笑みながらそう答えた。

平日午前中の喫茶室ルノアールは、僕と編集長以外誰も客はいない。

「なにをしてもいいんですか？」僕は改めて問う。

「はい。三十時間の使い方は自由です。行き先も自由。もしいまその時間を好きに使えたらなにをするか？　それを書いてほしいんです」

編集長はそう言うと、ぬるくなったホットティーを一口啜《すす》った。

「なるほど……」。僕は手帳を確認する。今日明日のスケジュールは、ほとんど真っ白だった。厳密に言えば、書きかけの小説と、週刊連載のエッセイのストックをいくつかやらなければいけない。でも、それはあえて東京でやる必要はない。なにかを発表すれば、すぐにレビューと順位が付くこの仕事の唯一良いところは、場所を選ばないということだ。僕はその仕事を受けることにした。

「こちらが詳しい資料になります」。編集長が丁寧な説明資料を僕の前に広げる。そのときすでに僕は、「三十時間の使い方」について思いを巡らせていた。

ただただ妄想を頼りに書き尽くし、三十時間を書き切ってもいいのかもしれない。はたまた、神楽坂あたりの隠れ宿のような場所で原稿を書きながら、夜はすき焼き鍋でも食べてみました、というのも作家っぽい。……いやいや、自分の立ち位置がまったく作家っぽくないので、そんなことをするのは誰も望んでいない。というか自分も望んでいない。そういえばここ数年、父方の実家があった静岡、沼津に帰っていなかった。ちょっと仕事で行き詰まったら、実家のある沼津やらどこかやらに行き当たりばったり出かけていたサラリーマン時代は、いま考えるとまだ余裕があった。ここ最近の行き詰まり方は、昔の行き詰まり方の比じゃない。正直ものを書くようになってから、丸々一日休むということをほとんどしたことがない。「行き詰まったまま原稿を書き、どうにか締め切りに間に合った。そういえば風呂に最近入っていなかった」なんて感じで過ごしてきてしまった。Twitterが『X』に名前を変えても、当たり屋のようなダイレクトメッセージが止むこともない。最近は当たり屋も忙しいのか、短めのメッセージが多い。「消えろ！」「失《う》せろ！」なんていう一言で済ますタイプが多い。タイパ重視なのかもしれない。

多分同じ人だとは思う。そういうコメントにもだいぶ耐性はできたが、どこかですこしずつ削られてきたのもたしかだ。なんと言っても僕は去年、五十になってしまった。寺山修司の年齢を越え、中島らもの亡くなった年が迫ってきた。それはそれはあらゆる箇所にガタがきてもおかしくない。なんとなくだが、終《つい》の住《す》み処《か》はどこにしたいか？　というようなことを、最近ぼんやり考えることがある。うっすらと「死」というものが、にじり寄ってきた気がする。去年、近しい知人がふたり亡くなったことも関係あるかもしれない。なにかあったとしても、「まあ、若くはないし」で片付けられる年になってしまった。映画『PERFECT DAYS』を観て、やけに人生を見つめ直している、というのも否めない。もう、あまり物事に動じたくもない。新しいものに目がいかなくなった、というのは言い過ぎだが、いままで味わってきたものを、再度咀嚼《そしゃく》してみて、違った味や違った感じ方をする、という体験のほうが心地良くなってきている。そういう意味でも、父方の実家で、慣れ親しんできた沼津という土地を、いま一度たしかめてみたい。沼津は穏やかな気候が、身体に合うのはもちろんだが、なにより水がいい。清流、柿田川から引かれた富士山の地下水が、水道水として利用されていて、夏などは外気との気温の差で、蛇口には汗をかくように水滴がつく。空気と水がいいというのは、近くにコンビニヤチェーンのコーヒーショップがあることよりも数万倍心強いということに、この年齢になってようやく気づいた。それに加え、沼津には僕の最後の晩餐《ばんさん》の有力候補でもある、『中央亭』の餃子もある。この店の餃子は絶品で、他の土地で同じような味とフォルムの餃子に出会ったことがない。丸っこい独特の形は見た目も可愛い。いまどきの言葉で言えば、抜群にインスタ映えがする。野菜たっぷりで、油っぽくないのでいくら食べても、ほとんどもたれることはない。店のメニューは餃子のみ。店員さんに餃子の個数を告げて、ライスの大小を伝える。僕が大人になってからした最大の贅沢は、『中央亭』の餃子を食べるためだけに、品川から新幹線に乗ったことだ。そんな愛して止まない『中央亭』の餃子とも、気づくとずいぶんご無沙汰してしまっている。僕なりの三十時間の使い方。ここはひとつ、父方の実家があった終の住み処有力候補である沼津に、最後の晩餐有力候補である『中央亭』の餃子を食べに行ってみるのはどうだろう？　いいんじゃないだろうか。と、ひとり心の中で解答を導き出した。

「……ということで、説明は以上になります。なにか質問などございますか？」

丁寧な編集長の丁寧な説明を完全に聞き逃したが、「大丈夫です」とだけ僕は返した。

そのあと編集長と別れ、僕はその足で山手線に乗り、品川に向かった。一本電話を入れる予定を思い出したが、いまそのことを考えると、途端に「今日はやめておこうか」が襲ってきそうで、僕はとにかく先を急ぐことにした。新幹線こだまに乗り込むまで気持ち的には、息を止めて深いプールの底を這うように掻いて進むイメージだった。ちょうどホームに停まっていた、こだまに僕が乗り込んだと同時に「プシュ〜」とドアが閉まった。そこで僕はやっと呼吸を取り戻したように「はああ」と大きく息を吐いた。ふと思い立って、このままどこかに消えてしまおうとするとだいたい、途中で「いやいや、今日の今日で行かなくても……」とか「そんなことより、打ち合わせを先にしちゃったほうがいいんじゃないか？」などなど、とにかくその手の感情がノイズになって襲ってくる。行く手を阻む。「社会人の常識」に気持ちが追いつかれたら、必ず足はピタリと止まってしまう。僕は「ここではないどこかへ」を常々思って生きている。そんな僕でも、日々からの脱出を実際試みて、成功するのは二割もない。これが常識ある社会人の方々なら、ほぼ九割五分の確率で、逃避行は未遂で終わるだろう。そして、「また明日考えようか……」などと自分をなだめすかし、日常仕事に戻っていく。次の日になったら、そんな昨日の自分の逃避行未遂のことなど忘れ、打ち合わせに次ぐ打ち合わせ、人間関係のしがらみに次ぐしがらみで、あっという間に元の木阿弥《もくあみ》と化してしまうことだろう。今回は仕事だったが、今日の今日に行動しないと、僕は結局いろいろ億劫《おっくう》になって、この仕事自体を断りかねないと思った。ゆっくりと新幹線こだまが動き出す。もちろん現地にホテルなど予約していない。なんなら『中央亭』の休みもチェックしていない。HPで確認すればすぐだが、もう乗ってしまったんだし、ジタバタしても仕方がない。沼津に住んでいた祖父母はずいぶん前に亡くなってしまったので、あの頃の実家はもうない。取り壊し、新しい二階建ての家が建って、両親が人に貸している。時刻は午前十一時。自由席は程よく空いていた。とりあえずふたり掛けの席の窓側に座り、スニーカーを脱いで、メガネを外し、大きく伸びをしてみた。「フ～」と長く息を吐く。ここまで来たらもう大丈夫だ。僕の三十時間の旅がいま始まった。

と、大袈裟に振りかぶってみたが、品川から沼津まで、一時間ちょっとで着いてしまった。いろいろと理由をつけて、何年も帰っていなかったのに、呆気ないほどあっという間に着いてしまう。こんなに早かっただろうか。沼津駅に着いたとき、母に電話を一本入れると、「あなた、十年は帰ってなかったんじゃない?」と呆れた口調で笑われた。周りも自分自身もまったく覚えていないが、とにかく距離感がわからなくなるくらい、僕は沼津に帰っていなかった。とりあえず駅の南口から出て、『中央亭』に向かう。地図で確認すると、駅から十分もかからない場所に店はあった。時刻は十二時二十分を少し回ったところ。思いっきり昼時だ。

店に着くと、案の定、行列は店の裏手にある駐車場のほうにまでつづいている。東京にいるときはいつも周囲に、「並んでまで食べたいものはない」と豪語しているが、行列の先にあるのは、最後の晩餐の有力候補、『中央亭』の餃子。覚悟を決めて並んでみた。思ったよりも早く列はどんどんと進み、三十分ほどであと三人で店内、というところまで来た。ここでちょっとしたハプニングが起きる。「あのう、すみません。テレビの取材なんですけど。いま中央亭に来られる人にインタビューしてまして……」。そう言ってマイクを持った若い男性が、番組名などが書かれた紙を僕に見せてきた。男性の後ろにはカメラマンがいる。その後ろには数人のスタッフも。「こちらにはよく食べに来られるんですか？」と微笑みながら、マイクを僕のほうに向けて、男性が尋ねてきた。「昔から好きなんですけど、いま住んでるところからちょっと遠くて……、来るのは久しぶりです」。スルスルと答え始めてしまう自分が怖い。「お住まいはどちらですか？」グイッとさらにマイクが近づく。僕の前後に並んでいた人たちも、僕のほうにジッと視線を送ってくる。

着いて早々またしくじり始めてしまった僕は覚悟を決め、「東京から来ました」と告げた。「東京から！　わざわざ！」僕の前に並んでいたおばあさんから思わず声が漏れた。そしてマイクを持った男性も「東京ですか！」と一言。「はい……」。いろいろな方面に向かってそう告げたあと、「すみません、やっぱり映像はお断りさせてください」と伝えた。「ああ……」とマイクを持った若い男性は残念そうな顔になったが、「はい、わかりました」と気を取り直して、次に並んでいた人に改めてインタビューを始めていた。番組名は明かせないが、誰でも知っている有名な番組だった。きっと放送されたら、また『中央亭』はしばらく列が倍、もしくは三倍くらいにはなってしまいそうだ。心の中で、「これ以上有名にならないで」と小さく祈った。

そのあとすぐに店に入ることができた。「いらっしゃいませ～」と店員さんは誰も彼もが愛想が良い。清潔感のある店内の一番隅の席に僕は通され、餃子十個とライス大盛りを注文した。お冷やを持ってきてくれた店員さんが、「お土産は大丈夫ですか？」と訊いてくる。そうだった。『中央亭』は持ち帰り可なのだ。ただ、今日は僕ひとり。どうしようか……、としばし迷っていると、店員さんが外そうとしたので、「あの、では二十個ください」と思わず頼んでしまう。「はい、かしこまりました」と店員さん。「そんなに誰

が食うんだ？　いつ食うんだ？」そう自問自答しながら、「あ、あと、ビールもくださ
い」と口は滑りつづける。まあ、それもいい。この三十時間はもうそれでいい。僕は迂《う》
闊《かつ》な自分を肯定しまくり、秒で来た瓶ビールを冷えたコップにコポコポコポと注ぐ。そ
して、三十時間の自由にひとり乾杯をした。

いい具合に年季の入った器に、きれいに並んだ餃子十個が到着。香ばしい匂いと、き
つね色の美しい焼き色がついた丸い餃子を、まずはなにも付けずに口に運ぶ。「はふっ」
と一口で口の中に入ってしまった。やはりまったく脂っぽくない。二つ目以降は、特製
の酢醤油をベースにした餃子のタレに付けて食べてみる。すこしかためのライスとの相
性も抜群。さらに特製のからし油をとくとくとタレに混ぜる。これまたピリリと旨い。い
ろいろと試していたら、あっという間に平らげてしまった。ライスに至っては、餃子五
つ目くらいで完食してしまっていた。久しぶりに食べてみて、間違いなく最後の晩餐は、
『中央亭』の餃子一択であることが確認できた。レジでお会計を済ませ、お土産の餃子
二十個を受け取る。店を出ると、行列は倍ほどに増えている。そしてテレビクルーの方々
は、まだインタビューに勤《いそ》しんでいた。ご苦労様です、と心の中で思いつつ彼らを見送
り、僕は食休みを兼ねて、しばし沼津の街を歩いてみることにした。

大きなアーケードがある商店街は、いわゆるシャッター商店街。ぽつん、ぽつんと店はあるが、そのほとんどは閉まっている。アニメ『ラブライブ！ サンシャイン!!』の舞台になったようで、聖地巡礼をしているアニメファン数人とすれ違った。『ラブライブ！ サンシャイン!!』のスタンプなどが所々に置かれたり、立て看板が立っていた。昔、僕はこの商店街を家族でよく歩いた。お正月には必ず帰っていたので、思い出のほとんどはその時期のことになる。僕がまだ小学生の頃は、大勢の人で商店街は賑わっていた。正月だったということもあるだろうが、どの店にも多くのお客さんがいて、「ちょっとお茶でもするか」と言った父が、どこもいっぱいで困り果てていた。母が、「少し外れまで歩いてみない？」と提案し、商店街を抜けた川沿いにある喫茶店に、やっと家族全員で座れたときは嬉しかった。いまのように禁煙文化などなかったから、店は煙で霧がかっていた。小学校低学年だった妹はなにが悲しかったのか、その店にいる間中ずっと泣いていた。「花火大会のときはもっと混むんだよ。ここいらは、沼津で一番人通りが多いから」父は少し自慢げにそう教えてくれた。結局家族で花火大会に行くことは一度もなかったけれど。

僕はシャッター商店街を抜け、あの日家族で入った喫茶店をしばし探してみる。川までは出ることはできたが、喫茶店があった場所は、どうしても思い出すことができない。母にもう一度電話をすると、「そんなことあったっけ?」と喫茶店の場所どころか、一連の出来事すら忘れている。結局喫茶店は見つからなかった。よく立ち読みをしていた大きな書店があった場所もシャッターが閉まっていて、そのシャッターをよく見ると、うっすらとだが書店名が確認できた。ずいぶんと時間が経ったことに改めて気づかされた。あの頃小学生だった自分が、五十歳になるくらいには時が流れた。

実家は一度取り壊し、新しく二階建ての家を建て、現在は人に貸している。元々はそこで祖母が一杯呑み屋を営んでいた。居酒屋『ときわ』というカウンターだけの小さな店。『ときわ』と入ったマッチ箱を、御守りのように僕はまだ持っている。祖父はあまり働かない人で、万年こたつに足を入れ、座布団を二つに折って枕にしてよく眠っていた。店は十七時スタート。開店前に祖母とふたり、何度か一緒に行った公園があった。その公園の場所もまた朧《おぼろ》げだが、大きな公園の隅には、本物の機関車がドーンと鎮座ましましていたはずだ。ベンチに座って、僕は祖母からもらった画用紙とクーピーで、機関車を描いたことを鮮明に覚えている。「うまいねえ、走り出しそうだ。将来は画家になるんじゃないか?」と祖母は、僕の頭をやさしく撫《な》でてくれた。高校くらいまで、将来の夢がデザイナーや漫画家だったのは、祖母が誉めてくれたからかもしれない。あの機関車の公園を僕は探すことにした。ネットでいろいろと検索するがなかなかヒットしない。朧げな記憶だけを頼りに、住宅街を歩く。途中、祖母と一緒にお参りをした神社を見つけ、あの頃のようにお参りをしてみた。そのあと、なんとなく祖母に導かれるかのように、路地を入り、曲がって曲がって、大きな道を真っ直ぐ進んでみる。すると真っ黒で大きな機関車が見えてきた。あの公園は、あの頃のままそこにあった。

　祖母と来たときと同じベンチに座ってみる。さっき十個も食べたのに、お土産の餃子を袋から出し、二つ三つ食べてしまう。風は少し冷たいが心地良い。だだっ広い公園に、僕以外誰もいない。多分、機関車の公園に来たのは三十年以上ぶりだ。公園の周りには、ここ最近建ったであろうマンションがいくつもある。鞄に入れていた文庫『ガダラの豚』のⅠを読みながら、もう二、三餃子をつまむ。時刻は十三時三十分を回ったところ。なにが恐ろしいって、そこから僕は『ガダラの豚』のⅠ、Ⅱを、そのベンチに座って、餃子をつまみつつ、全部読み切ってしまった。陽が翳《かげ》ってきて、初めて我に返る。Ⅲの途中まで読んで、さすがに切り上げ、駅前のホテルに予約を入れた。もうすぐ十七時になろうとしていた。こんなに集中して読書をしたのも、とんと記憶にない。やはり人には旅が必要だ。いつもと違うリズム、いつもと違う景色が、魂を回復させてくれる。

ホテルの部屋に入って、ベッドに突っ伏したら、瓶ビール一本しか飲んでないというのに、やけに気持ち良くて、強烈な睡魔に襲われた。気づくと全身が痺《しび》れるほどに爆睡してしまった。時刻は二十一時四十分。三十時間の使い方、たしかに編集長は自由だと言っていたが、さすがに自由過ぎるんじゃないだろうか。そろそろ心配になってきたが、痺れているのに身体は心地良いし、LINEもXも触らない一日は心を健康にする。夕飯を食べに出ようと思ったが億劫になり、湯を沸かして茶を入れ、冷たくなった餃子をまたつまんでしまう。五つくらいは残しておこうと思ったのに、気づいたら平らげていた。時刻は二十二時をちょっと回ったところ。餃子を二十個買っておいてよかった。三十個でも問題はなかった。そしてやっとノートパソコンを開き、原稿を始める。ここでもまた、不思議なくらいの集中力を発揮。東京だといつも、気が散って喫茶店やカフェを転々としながら、なんとか原稿を仕上げるというのに、今日はサクサクと捗《はかど》る。この仕事の唯一いいところは場所を選ばないところだと言ったが、この仕事は同じ場所でずっと書いていては煮詰まってしまう仕事だったのではないか？　ということにやっと気づいた。いや、人は誰も同じ場所にずっと居つづけてはいけないのかもしれない。転々と、まではいかなくても、ときに脱線し、ときに死を意識した野生動物のように、フッと日常から消えることは必要不可欠なことなのかもしれない。小説のプロットを仕上げ、エッセイを二本送り、頼まれていた短いコラムまでやって、ノートパソコンを閉じた。祖母が、あの公園のベンチに座ったまま、ジッと機関車を見つめていたことがあった。真っ直ぐ見つめたまま、はらはらと涙を流したことがあった。自分はそのとき幼過ぎて、なにも言葉をかけることができなかった。

僕はベッドに大の字になり、意識がなくなる寸前まで、明日なにをするかを考えていたが、まったく思いつかない。それもまた、この旅には正解な気がした。明日のことは明日考えればいい。すべてを先送りする日を、ちゃんと作ったほうがいい。考えたらあまりに先に先にと、日々の効率化を進め過ぎた。元来、そんな風に人はできていない。少なくとも僕はできていなかった。

結局、チェックアウトの時間（十一時キッカリ）まで一度も起きることなく爆睡してしまった。それもまた、この旅においては正解だ。

さてどうしようかと考えながら歩いていたら、足は勝手にまた『中央亭』に向かっていた。店の前には少しだがもう行列ができている。ちょうど外に出てきた店員さんが、

「あら、昨日も来られてましたよね?」と声をかけてくれた。「はい」とだけ返す。どんな店でも常連扱いされることが苦手なのに、そのときは心から嬉しかった。日常からはみ出すと素直にもなれる。昨日と同じ、餃子十個にライスの大。それに瓶ビールを一本。食事が終わり店を出て、また機関車の公園に向かう。機関車の公園の正式名称は、『高沢公園』だった。高沢公園には、今日も僕ひとり。昨日と同じベンチに座り、『ガダラの豚』Ⅲのつづきを読み始める。時刻は十三時を少し回っていた。そのとき、カタカタカタと手押し車を押しながら、おばあさんが公園に入ってくる。ちょこんと隣のベンチに座ったおばあさんは、おもむろにオロナミンCを飲み始めた。祖母には似ていなかったが、祖母のことをどうしても思い出してしまう。オロナミンCを一気飲みしたおばあさんが、軽くこちらに向かって会釈をしてくれた。僕も軽く会釈を返す。陽射しが強い。三十時間が終わろうとしていた。三十時間。一日とちょっと。それは長いようでいて短い。この公園に戻って来るのに、僕はずいぶんと時間がかかってしまった。たった一時間とちょっとで来られる距離だったというのに。隣のベンチのおばあさんが、眩しそうにどこかをぼんやりと眺めていた。あの日、祖母はベンチに座って、一体なにを想っていたのだろうか。僕はしばらくそんなことを考えていた。

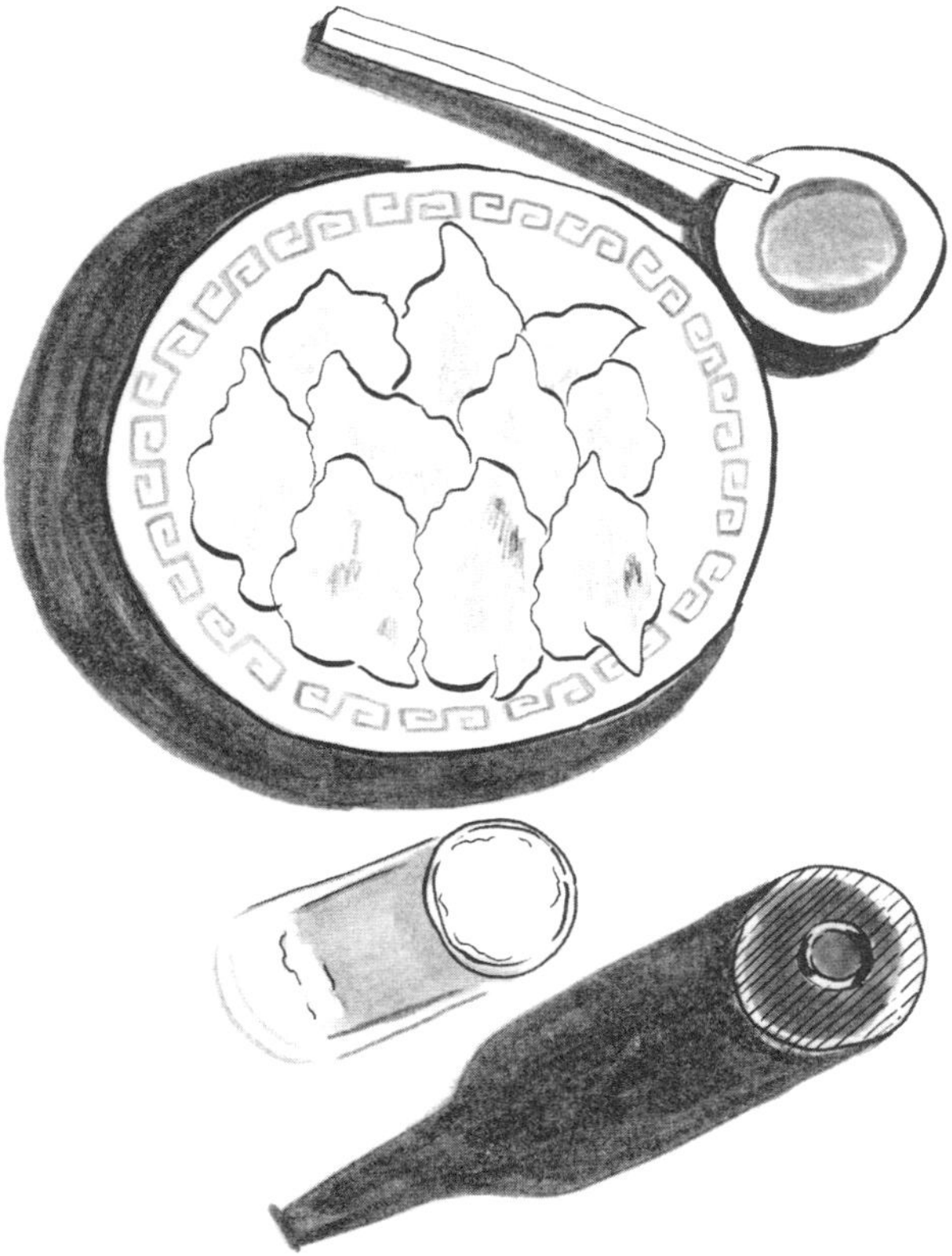

コミック雑誌なんていらない

映画『奥田民生になりたいボーイと出会う男すべて狂わせるガール』に寄せて

あれは「恋」だったのだろうか。三年付き合って、四回浮気された交際相手がいた。毎回別れるときは電話がかかってきて、「あのさ、好きな男ができたから、あなたとは別れたから」と過去形で伝えられた。

僕は完全に彼女の魅力に飲み込まれていたので、「ああ、そうなんだ。了解です」と抗《あらが》う術もなく返し、毎回電話でフラれた。なにが「了解」だ。ビジネス電話か。そして毎回、半年くらいすると、彼女は新しい男に捨てられ、改めて電話がかかってくる。

「いま、なにしてるの？」いつも一言目はそんな感じだった。

「いや、別に」ボクはそう電話で素っ気なさを演出しながら、もうちょっとでいい仲になりそうな女性の部屋にいて、ユニットバスに抜き足差し足、移動して、会話をつづけたこともあった。

「ね、今度、前に行った渋谷のレストラン行かない？」

彼女は電話口で呑気《のんき》に言ってくる。そんなやり取りを、何度か繰り返すことで、これが彼女が戻ってくる合図なんだということを、バカな僕でも学習した。彼女と一緒にいると、なにか盛られたんじゃないのか？　と思われるほど、僕はずっと笑っていた。彼女は、笑いのツボ、驚くツボが人とはまったく違っていて、映画館でホラー映画を観ていたとき、見当違いの場面で「ギャー！」とひとりだけ叫んで、周りを驚かせたかと思うと、ものすごい陰惨なシーンで大爆笑したりする。見ていてまったく飽きなかった。「恋は病に似ている」と中島らもは言っていたが、症状としては、ワライダケに似ている気がする。そして、恋はワライダケ同様、最後は死に至ることさえある危険な病だ。

前言を撤回することになるが、いま改めて振り返ると、彼女は本当にそんなに面白かったのか？　と疑問に思うことがある。でもそれこそが、恋という正体不明の病なのかもしれない。美人で面白くてノリがいい子だから恋に落ちるわけじゃない。恋という病にかかってしまったら、誰かから見たら平凡で普通なあの子が、美人で面白くてノリがいい子に見えてしまうのだ。

この映画の水原希子《きこ》は、美人で面白くてノリがいい。それは、恋という病にかかって、そう見えてしまう世界に、主人公と観客が迷い込んでしまったからなのかもしれない。重度の「恋」という病を患うと、別れたあとも簡単には思い出になどなってくれない。彼女のことを思い出すと、いつまでもかさぶたにならない傷口を眺めるような気分を味わうことになる。心の中で、澱《おり》のように後悔だけが溜まっていく。ただ三年付き合って四回浮気された僕から言わせてもらうと、後悔は後悔のまま、その後悔と一緒に生きていくしかない、と忠告したい。

「もしもう一度、彼女とやり直せたら」

そう男はついつい思いがちだ。磯丸水産の二十七時くらいの会話は、だいたいそんな話が八割だ。でも二歳差の人とは、十年経っても二歳差のように、うまくいかないふたりは、何度繰り返してもうまくいかないものだ。ちなみに僕は、あの浮気しまくりの彼女が四度目の浮気をして、「別れたいんだ」と言ってきたとき、「そうなんだ。了解」と、いつも通り軽く見送った。きっとまた、彼女は戻ってくるもんだと、心のどこかで安心していた。だけど彼女はそのあとにこうつづける。「彼と結婚することにしたんだ」と。さすがに「了解」という言葉の代わりに、「ん？」なんて本当の声が漏れてしまった。そして彼女はつづけざまにこう言う。「でも、君といるときみたいに、彼といるとドキドキしないいんだけどね」と。僕は「そのドキドキしないけど一緒にいたいと思う感情を、もしかして人は愛と呼ぶんじゃないか？」という台詞が喉まで出かかったが、そのまま飲み込んで、やっぱり間抜けに「そっか、了解」と言った。

この映画には、あのときの僕と、あのときの彼女が、そこかしこに映り込んでいた。東京湾をもがきながら泳ぐ妻夫木《つまぶき》聡に自分を重ねた。コミック雑誌なんていらない。安直なハッピーエンドなんて人生の足しにならない。今日、君が幸せだったら悔しい。でも不幸になっていてほしくない。だから、どこか僕の知らない場所で、君は幸せになっていてほしい。エンドロールを観ながら、僕はそう切に願った。

ある夏の日の下北沢なんてどうだろう

映画『街の上で』に寄せて

先週、担当編集者と打ち合わせをしていたら、途中からただの恋愛相談を聞くはめになった。彼女はいま片想いをしているのだという。相手は将来がまったく見えない男なんだとか。将来が見えない理由の一つが、定職に就いてないことらしい。というか、いままで生きていて定職に就いたことがなく、二十代の途中まで、バンドをやりながらアルバイトを転々としたらしいのだ。二十代後半からはバンドを諦めて、アルバイト一本になったのだという。年齢は今年三十歳。なかなか香ばしい彼だ。彼女が、その彼と出会ったのは、僕の知人が脚本を書いた、ドラマのエキストラでのことだったと聞いて、僕は初めてその話に興味が湧いてきた。セットの隅の後ろのほうで、おしゃべりをしているカップルの設定でふたりは出会う。その場面で、何度も何度も主役とヒロインがNGを出して、セットの隅の後ろのほうで、気づいたらお互い深い話をしてしまっていたというのだ。満点の出会い方だと思った。

「まったくもってドラマチックじゃないところが、ドラマチックですね」と僕が言うと、「真面目に聞いてください！」とにらみつけられた。いたって真面目だった。僕はその話を聞きながら、ずっと映画『街の上で』のことを思い出していた。編集者の彼女が好きだという男を、あたまの中で勝手に「荒川　青《あお》」に置き換えて話を聞いていた。

「ここからが本番なんですよ」。彼女の恋愛相談は、そこからさらにアクセルベタ踏み状態になり、グルーヴが増し増しになる。

「私も三十二じゃないですか、そんな先が見えない男じゃ両親に紹介できないと思って、とりあえずお見合いパーティーで銀行員の彼氏を作ったわけです」。そんなとりあえずパスタ作ったみたいに言わないでよ、と言いかけたが我慢して、つづきを聞くことにした。

「銀行員の彼氏が真面目過ぎるんですよ。監視カメラが付いていても恥ずかしくない生活ってしたことありますか？」

いや、まで言うと、「ないですよね。普通ないですよ。でも、その男はそんな生活だったんです。それで一昨日、また将来の見えない彼のところに戻っちゃったんです。そしたら明日から気持ち入れ替えてバイト頑張るから、とか言うんですよ。笑っちゃいましたよ、気持ち入れ替えてバイト頑張るって」。

彼女はそこまで言うと、「どう?」と言う感じでこちらを見る。ノロケだった。最後まで聞いた僕が馬鹿だった。「へえ」なんてテキトーに返事をして、その話は終わりにした。彼女はきっとこれから、そのクズで愛しい彼と、泣いたり、怒ったり、ガッカリしたり、愛したり、愛されたり、別れたりを繰り返すんだなあと思うと、ちょっとうらやましかった。不完全な僕たちは不完全なまま、誰かと偶然の中で出会う。それは誰でもいいわけじゃない。

次の打ち合わせがあるからと、彼女は先に席を立った。帰りしな、彼女は、「私は彼と付き合いたいし、彼と別れたいのかもしれない」と言った。いい言葉だな、と僕は思った。

これは僕の独断と偏見と希望だけれど、映画『街の上で』のあの彼とあの彼女は、きっとこれからまた、泣いたり、怒ったり、ガッカリしたり、愛したり、愛されたり、別れたりするんだと思う。それはとても人間らしいことだと思った。その匂いが、エンディングに向けて感じられたので、僕はこの映画が、今泉力哉監督の映画の中でも、群を抜いて好きだ。僕たちは、あのまだ名前の付いていない感情になりたくて、味わいたくて、生きているんじゃないかとすら思う。それはつまり、ゆらゆらと夕闇の下北沢を歩いた日のことだったり、覚悟を決めた彼女の眼差しの行方や、ヌルいビール、メンソールの煙草、聞いたことのない劇団の、聞いたことのない舞台のポスターが、夜のライトに照らされてキレイだったこと。行きつけのバーにいつものマスターがいて、書き終わった小説の話をすること。古本屋に差し込む夏の太陽が、眩しいと思った日のことや、彼女のワンピースの柄が可愛かったという事実を知ったときの感動に近い。喫茶店のマスターがつぶやく言葉は、何処にも誰にもたどり着かない、サヨナラの暗示。届かなかったメモ書きは、いつか必ずその人に届くということなのだ。それでも馴染めない日常があるけれど、日常に馴染める人になんて、最初から興味はない。ある夜、居酒屋で、彼女としたやりとりを、いつまで憶えていられるだろうか。あのとき笑っていたはずの彼女の声を思い出せない。数年前の出来事、本日のパスタ、朝の光がもう夏のそれじゃなかったと気づいてしまったそのとき。表現者たちが行き交う町が好きだ。人は人生で一曲は、必ず作詞作曲をしてしまう生き物なのかもしれない。それが駄作でも、ダサくても、好きな人のことを思って、迂闊にも歌ってしまう生き物なのかもしれない。口笛を吹くみたいにしゃべる女の子が好きだ。基本的に夢は叶わない。

そもそも夢は必要ですか？　夢は叶えるものじゃなくて、語るものじゃないですか？

だとしたら誰と夢を語りたいですか？　語りたい夢はありますか？　それならまず語りたい場所が必要なのかもしれない。語りたい時間というのもあるはずだ。それはきっと真夜中。季節は夏がいい。小さくレコードプレイヤーから、ロックが流れている場所はどうだろう。静まり返った部屋で、好きな人とポツポツと小石を置いていくように話すなんていうのもいい。でもそれだったら、一緒に美味しいものを食べて、好きな映画の話をするほうがいい。やっぱり人生で、夢を語る時間なんてないのかもしれない。夢より大切なものを見つけることが、唯一の夢なのかもしれない。ちゃんと出会いましたか？ちゃんと別れましたか？　彼女の唇が動く。言葉はすべて溶けてしまえばいい。だからつまり、不完全な僕たちは不完全なまま、誰かと偶然の中で出会って、泣いたり、怒ったり、ガッカリしたり、愛したり、愛されたり、別れたりする。それは誰でもいいわけじゃない。それは何処《どこ》でもいいわけじゃない。できればそれは、ある夏の日の下北沢なんてどうだろう。

ではでは明日も生きましょう

午前三時前後になると、フッと目が覚めてしまう。三年と八ヶ月、午前三時前後に電話をかけてくる女性がいた。その女性とは、結局一度も会うことはなかった。Twitter（現X）でイラストを発表していた彼女に、僕がメッセージを送ったのがすべての始まり。その頃、僕は新しい連載が決まって、挿し絵を描いてくれるイラストレーターを探している時期だった。たまたまSNSで見かけた彼女のイラストに興味が湧いて、挿し絵を描いてもらえませんか？　と彼女にメッセージを送った。返答はすぐに来た。「いま、ちょっと精神的に疲れているので、残念ですがお断りさせてください」という内容だった。また機会がありましたら、くらいのことを僕は返した。それでおしまいのはずだった。それが数日経つと、彼女から短いメッセージが届く。

「もしよかったら一度、お話をしませんか？」と。メッセージには電話番号も記されていた。どこまで正直に書いていいのか、わからないので全部書いてしまうと、急遽《きゅうきょ》僕は彼女のSNSを辿《たど》って、彼女が写っている写真を懸命に探した。それまで彼女の顔はもちろん、本名も年齢も知らずに挿し絵のオファーを出していた。辿ってたどって、やっと見つけた彼女の写真を見て、僕は電話をかけることを即決する（ダサくてすみません！）。

ワンコールで出た彼女は、「どうも」と電話口でクスクスと笑っていた。ちょうど仕事の切れ間だったんで……、とかなんとか、嘘丸出しの言い訳をしながら、なにか話したはずだが、そのとき話したことはすべて忘れてしまった。ただ、その日から彼女は、午前三時前後になると、ほぼ必ず電話をかけてきた。「今日もお疲れさまです」。彼女は第一声、必ずそう切り出す。「お疲れさまです」と僕も返す。そこからは、その日の体調について、芸能ゴシップ、仕事の進捗など、たわいもないことを一時間くらいお互い言い合い、「ではでは明日も生きましょう」と言って電話を切るのが定番だった。

彼女がSNSにアップするイラストは、精密な静物画がほとんどで、物静かなイメージを勝手に持っていたが、実際の彼女はとてもミーハーな人だった。「ひとりの人とずっと一緒にいることが正義みたいに言われるけど、たくさんの人にモテたいよね？」と、人生の裏書きのようなことを、彼女はよく言っていた。「バズりたいなあ」も彼女の口癖だった。彼女の描くものと、「バズりたいなあ」があまりに相性が悪く、その言葉を聞くたび、僕は電話口で腹を抱えて笑った。もう一つ、彼女の口癖だった言葉は、「死にたいなあ」だった。僕のそのときの口癖もそれだった。ふたりで無意味なラリーのように、その言葉を繰り返し言い合った夜もある。

そうして三年と八ヶ月が過ぎて、彼女は本当にこの世を去ってしまった。彼女のSNSのアカウントで、親御さんが、葬儀告別式の報告をつぶやいたときですら、僕はまだ悪い冗談なんじゃないかと思っていた。そのツイートはたくさんの人がリツイートし、「いいね!」も万の単位でついた。多くの人が彼女のイラストと彼女自身についてのコメントを残し、その冥福を祈った。こんなことでバズってんじゃねーよ、と思いながらも、彼女のイラストの素晴らしさに、世の中がやっと気づいたかと、安堵《あんど》する気持ちもあった。

午前三時前後になると、フッと目が覚めてしまう。彼女が三年と八ヶ月間、その時間に電話をかけてきたからだ。彼女とは、結局一度も会うことはなかった。会わないままの別れだったから、いまでも僕は彼女がいなくなってしまった実感がない。彼女が電話の向こうに本当に存在していた、という実感もないかもしれない。矛盾しているが、だから、まだ、彼女は僕の中で生きている。

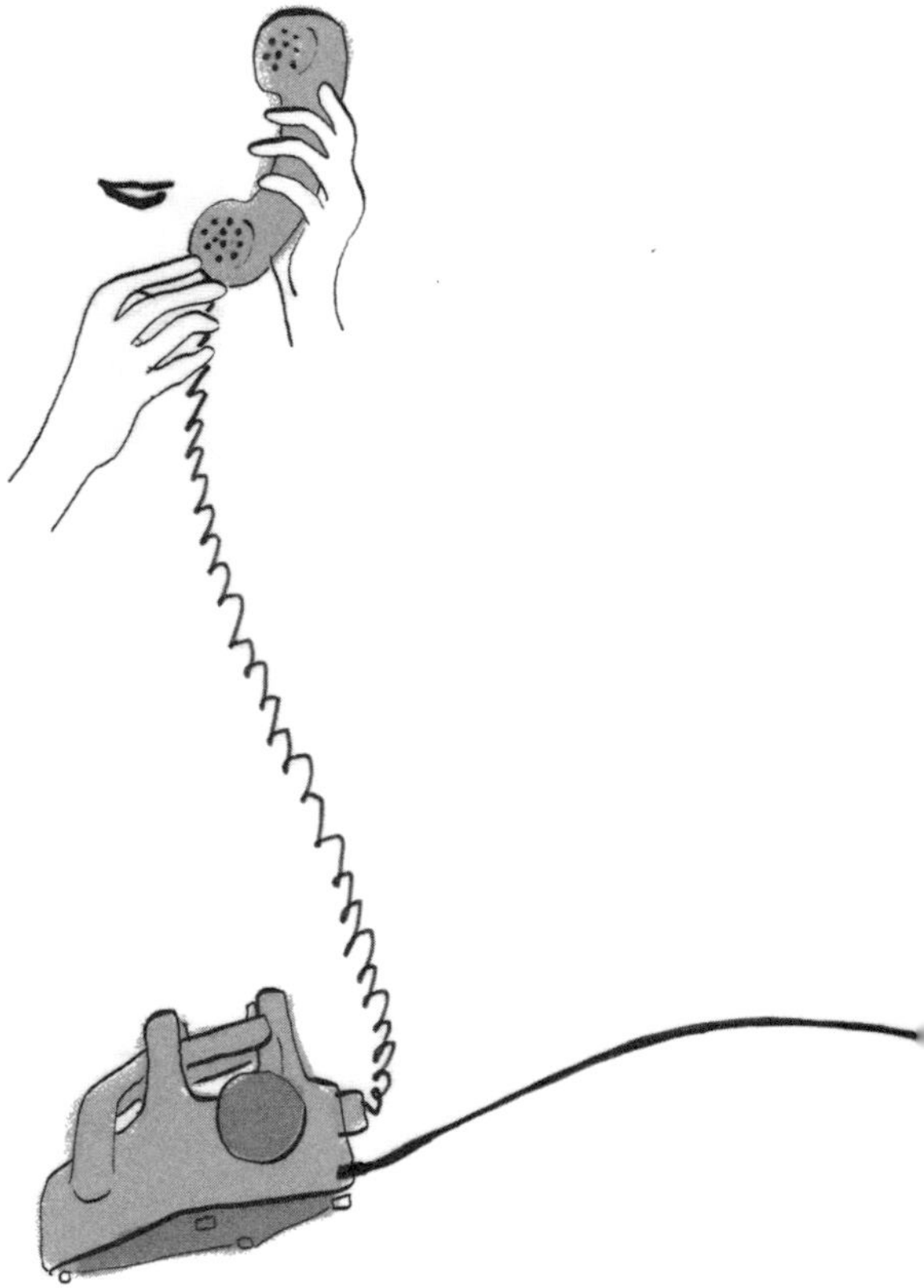

暗闇から爆音

「バンドでもやってさ、一発当てて、石垣島でみんなで暮らさない？」

二十年前、五反田にある編集室で、僕はそんな夢遊病のようなことを毎日のようにつぶやいていた。

夢遊病患者の相手は編集作業の準備をしていたAD木村で、彼は馬鹿の一つ覚えのように「それな！」と返してくれた。フェイスブックによると、彼はいまでは三児のパパで、二子玉川駅近くの新築マンションを三十年ローンで購入、肩書きもADからプロデューサーに変化している。

ある日、久々に仕事が早く終わって、編集室の空き部屋で、彼とふたりで仮眠をとっていたときのことだ。クーラーを入れた真っ暗の部屋で、「もう限界だ。俺、もう無理」と、じゃんけんで勝ってソファで寝ていた彼が言った。じゃんけんに負けた僕は、床で寝ながらそれを聞いた。

僕は無言で編集室の機材の中にあった音源を、暗闇の中で再生する。海外の知らないミュージシャンの、聴いたことのない激しいロックが、爆音で流れ始めた。

「いいな」

彼が短くそう言った。僕は「ああ」とだけ返す。

その頃、僕たちにお金はなかった。ついでに夢もなかった。ただただ仕事に忙殺され、時間すらなかった。あったのは、期待が持てない未来だけだった。

僕の最終学歴、上野のはずれにあったハズレの専門学校は、そのときはもう潰れてしまっていた。校舎があった場所は、マンションと老人ホームに変わっている。彼が国籍のことで悩んでいる話も、その暗闇の編集室で延々と聞かされた。

それからしばらく経っても、僕たちは通常モードでこき使われる日々を送っていた。

そして僕は、いつも通り完全に腐っていた。彼に「バンドでもやってさ、一発当てて、石垣島でみんなで暮らさない？」とガス抜きするように話す。その日のことは鮮明に覚えている。まだ編集室には誰も来ていなくて、彼は偉い人が座るソファにドカンと深く腰掛け、コホンと嘘っぽい咳をして話し始めた。

「まず、ここにあるテープを全部ぶっ壊して、全員に復讐しよう」

彼のその提案に、僕はゲラゲラ笑いながら同意した。

「そのあと、パソコンの中のファイルを、全部ゴミ箱に捨ててバックレようぜ」

僕も彼にそう威勢のいいことを告げる。

「別に本当にやってもいいよ」

彼はそううそぶいた。

「それでさ……」とまで僕が言うと、彼は待ってましたとばかりに「バンドでもやって、一発当てようぜ」とニヤッと笑った。

結局、僕たちの復讐は未遂に終わる。ギターを持ったこともない僕たちは、バンドを組むことはなかった。それからずいぶん時が流れて、僕は突如として、ものを書き始め、彼は社会人としてちゃんと偉くなった。

今年の始め、十五年とちょっとぶりに、彼と再会した。場所はテレビ局のエレベーター。

「お、原作が映画になるらしいじゃん」

昨日まで会っていたかのように、白髪交じりになった彼が言う。

「そっちはプロデューサーで、散々人に恨みを買ってるらしいじゃん」と返すと、「いつかさ……」と彼が切り出す。

「ん?」とだけ僕は答える。

「バンドでもやって、一発当てようぜ」と彼はつづけた。

へへ、と笑って彼は、エレベーターを先に降りていった。

あの頃、世間の数にも入っていなかった僕たちにとって、どうにか毎日をやり過ごすための魔法の言葉。だから僕たちは、「バンド」という言葉を口にするたび、各々の暗闇を思い出す。その暗闇に光が射した瞬間を思い出す。爆音が鳴る。その瞬間、僕たちは何度でも、なにもなくても最強だった、あの頃に引き戻される。

初出

どんな予定もうっすら行きたくない／お好み、どうよ？／母にとっての人生初のライブ体験／彼はやっぱり僕の前に再び現れた／いつかインドのどこかの駅で／今年、小説を本屋さんで買った人いますか？／雨宿りをするふたり／今日は疲れた。いい意味だけど／日々を生きる上での避難場所／ラーメン半チャーハン。その美しい響き／すこし疲れた都会が好きだ／いいカフェ見つけたんですよ／恥をかきたくないとか、うまくいかなかったらどうしようとか／ではでは明日も生きましょう

BRUTUS.jp 2024年1月-6月

劇団社会人から一人間に戻るための儀式／足裏マッサージがうまいと良いことがある／明けないで夜／花火は下から見るか、上から見るか／入浴剤界のドンペリ／壁越しのメロディー／白檀のお香を一本／あの頃、図書館は僕にとってシェルターだった／映画館の暗闇が好きだ／風が吹いていた／工夫と想像力／日記（202204-202303）

「夜リラタイム」株式会社 中村
https://kinomegumi.co.jp/writer/moegara/

一日とちょっとの旅　**「メトロミニッツ」スターツ出版 2024年4月号**

コミック雑誌なんていらない

映画『奥田民生になりたいボーイと出会う男すべて狂わせるガール』パンフレット 2017年

ある夏の日の下北沢なんてどうだろう

映画『街の上で』パンフレット 2021年

暗闇から爆音　**『バンド論』青幻舎 2023年**

イラストレーション　原　倫子

ブックデザイン　岡本歌織（next door design）

燃え殻

1973年、神奈川県横浜市生まれ。
小説家、エッセイスト。
2017年、『ボクたちはみんな大人になれなかった』
で小説デビュー。

著作一覧

『ボクたちはみんな大人になれなかった』新潮文庫
『すべて忘れてしまうから』新潮文庫
『すべて忘れてしまうから』漫画 雨夜幽歩 講談社
『相談の森』ネコノス
『夢に迷ってタクシーを呼んだ』新潮文庫
『これはただの夏』新潮文庫
『断片的回顧録』アタシ社
『あなたに聴かせたい歌があるんだ』漫画 おかざき真里 扶桑社
『それでも日々はつづくから』新潮社
『湯布院奇行』講談社
『深夜、生命線をそっと足す』二村ヒトシとの共著 小社
『ブルーハワイ』新潮社
『愛と忘却の日々』新潮社

明けないで夜

二〇二四年一〇月一七日　第一刷発行

著者　燃え殻
発行者　鉄尾周一
発行所　株式会社マガジンハウス
〒一〇四-八〇〇三
東京都中央区銀座三-一三-一〇
書籍編集部　☎〇三-三五四五-七〇三〇
受注センター　☎〇四九-二七五-一八一一
印刷・製本　株式会社リーブルテック

マガジンハウスのホームページ　https://magazineworld.jp/

　ISBN978-4-8387-3294-4 C0095